雨花忠魂
雨花英烈系列纪实文学

任凭风吹雨打

罗登贤烈士传

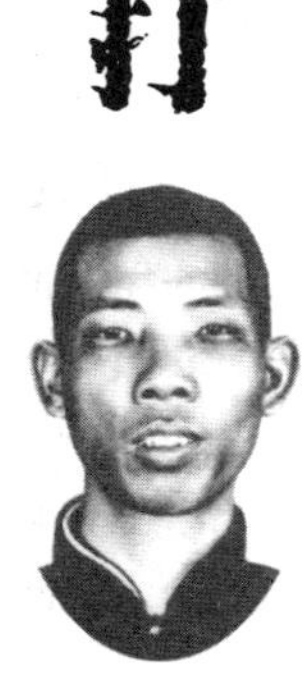

龚正 著

江苏凤凰文艺出版社
JIANGSU PHOENIX LITERATURE AND ART PUBLISHING, LTD

图书在版编目（CIP）数据

任凭风吹雨打：罗登贤烈士传 / 龚正著 . — 南京：江苏凤凰文艺出版社，2018.10（2023.5重印）
（雨花忠魂 . 雨花英烈系列纪实文学）
ISBN 978-7-5594-2914-8

Ⅰ . ①任… Ⅱ . ①龚… Ⅲ . ①纪实文学 – 中国 – 当代 Ⅳ . ① I25

中国版本图书馆 CIP 数据核字 (2018) 第 213267 号

任凭风吹雨打：罗登贤烈士传

龚 正 著

出 版 人　张在健
责任编辑　黄孝阳　傅一岑
封面设计　马海云
责任印制　刘　巍
出版发行　江苏凤凰文艺出版社
　　　　　南京市中央路 165 号，邮编：210009
网　　址　http://www.jswenyi.com
印　　刷　阳谷毕升印务有限公司
开　　本　880 毫米 ×1230 毫米　1/32
印　　张　6.25
字　　数　168 千字
版　　次　2018 年 10 月第 1 版
印　　次　2023 年 5 月第 4 次印刷
书　　号　ISBN 978-7-5594-2914-8
定　　价　30.00 元

“雨花忠魂·雨花英烈系列纪实文学”丛书编委会名单

万里长空且为忠魂舞

中共江苏省委书记　娄勤俭

天地英雄气，千秋尚凛然。雨花台，这片深深浸染着英烈鲜血的山岗，曾见证了几代仁人志士信仰至上、慨然担当的英雄壮举，也铭记着无数革命先烈舍身为民、矢志兴邦的不朽事迹。在这里，彪炳日月、名垂青史的革命烈士就有1519人；也是在这里，还有更多鲜为人知的英烈故事，无法铭刻于碑文，没有见诸史册，像一粒粒晶莹的雨花石，深埋在雨花台殷红的泥土里。理想之光不灭，信念之光不灭。英烈们的背影虽然早已远逝，但他们的集体“影像”已定格在永恒的瞬间，那就是义无反顾、慷慨赴死，前赴后继、为国捐躯，用热血和生命铸就了信仰丰碑，在血与火的洗礼中撑起了民族脊梁，谱写出一部又一部壮怀激烈、气吞山河的“英雄交响曲”。

英雄是旗帜，革命英雄是民族的共同记忆。习近平总书记指出：“对中华民族的英雄，要心怀崇敬，浓墨重彩记录英雄、塑造英雄，让英雄在文艺作品中得到传扬，引导人民树立正确的历史观、民族观、国家观、文化观。”为缅怀英烈伟绩、弘扬崇高风范，培育和践行社会主义核心价值观，培养爱国主义、集体主义精神和社会主义道德风尚，江苏省委宣传部、江苏省作家协会组织创作了《雨花忠魂·雨花英烈系列纪实文学》丛书，以文字、文学、文化的形式，讲述英烈的感人故事，表现英烈的高尚情操，诠释英烈的不朽精神。邓演达、贺瑞麟、石璞、刘亚生、吴振鹏、许包野……这一个个闪亮耀眼的名字，如同一座座高耸入云的丰碑，始终矗立在一代代共产党人的灵魂深处。这套丛书，为更好地传承弘扬“雨花英烈精神”提供了生动教材，也为教育党员干部走进历史、追寻英烈，激励党员干部不忘初心、牢记使命，永葆革命本色提供了精神之“钙”。

英烈风骨犹存、感召后人；历史启迪心灵、照亮未来。牺牲在雨花台的我党早期领导人恽代英曾说：“我们吃尽苦中苦，而我们的后一代则可以享到福中福。为了最崇高的理想——共产主义，我们是舍得付出一切代价的。”可以告慰雨花英烈的是，经过近七十年的不懈奋斗，近代以后久经磨难的中华民族，迎来了从站起来、富起来到强起来的伟大飞跃，一幅国家富强、人民幸福、民族复兴的壮美图景正在祖国大地上全面展开。

与伟大祖国历史进程同步伐，江苏发展站到了新的起点上。深入贯彻习近平新时代中国特色社会主义思想，努力把习近平总书记为我们描绘的“强富美高”新江苏蓝图化为美好现实，推动高质量发展走在前列，迫切需要我们传承红色基因，用好红色资源，学习雨花英烈的崇高理想信念、高尚道德情操和为民牺牲的大无畏精神，不忘初心，砥砺前行。我们缅怀革命先烈，就要从前辈先贤身上汲取养分和力量，让他们曾经的牺牲和付出，成为今天前进的动力源泉，砥砺我们以永不懈怠的精神状态推进改革再深入、实践再创新、工作再抓实；我们讴歌革命先烈，就要用“雨花英烈精神”，激励全省人民更加主动担当新使命，意气风发创造新未来，不断开辟新时代中国特色社会主义在江苏实践的新境界。这，正是我们对革命先烈最好的礼敬与告慰。

沧海横流，英雄显本色；落花如雨，正气贯长虹。“万里长空且为忠魂舞”，“雨花英烈精神”必将长留在时光的长河和人民的记忆中。

是为序。

目　录

第一章 最初的脚印

在美国学者吉尔伯特·罗兹曼主编的《中国的现代化》一书中有这一段文字："1905 年是新旧中国的分水岭。它标志着一个时代的结束，也标志着另一个时代的开始。"

1905 年，对于中国，它是怎样一个年份，又发生了怎样一些事件?

就是在这一年，延续了一千三百多年的封建科举制度被彻底废除；就是在这一年，中国的留学生在日本东京成立了中国革命同盟会；就是在这一年，由詹天佑任总工程师的中国第一条自主设计建造的京张铁路开工建设，为落后的中国带来活力和希望。

也同是在这一年，后来成长为中国新民主主义时期工人运动领导人的罗登贤，出生在广东省佛山市南海县紫洞乡阁巷村。如今，罗登贤的老家已经更名为佛山市禅城区南庄镇紫洞格巷村。

这注定发生的一些事情，就像南海澎湃的浪潮，在中国大地上汹涌着激荡着，成为人们心中不灭的记忆。

鸦片战争后，英国等西方国家的鸦片从广东涌入中国，佛山也深受其害。销魂的烟枪里不仅沉沦着一个个生命，还使整个社会患上了低迷恍惚、委顿衰落的顽疾。大海的波浪，不是带来新的潮汐，而是被已经形成的险风恶浪裹挟。

幼年的罗登贤，在南海看到的是洋货日用品对市场的充斥。洋纱洋布替代了土布，洋铁器制品替代了铁匠铺里的手工制品。一批批手工业作坊的倒闭和破产，让大量工人失业而流落街头。凋敝的市井死灰一片。

罗登贤家中原名罗能举，曾化名达平、光生、何永生，还有一个笔名叫敦贤。一个名字其实就是一个期许，期许能力超群，期许顺遂平安，期许光亮永驻，期许敦厚贤达。

罗登贤的父亲叫罗科，在广州河南区的一家生产玻璃的小厂子里做过学徒，后来留在厂里做了工人。母亲叫陆细妹，是南海县紫南乡陆家村人。父亲的能干智慧和母亲的勤劳朴实，让罗登贤自小就养成了劳动和思考的习惯。

罗登贤家中有姐弟三人，大姐叫罗才，弟弟叫罗能广。从名字上，就可以看出父母的爱和苦心，他们希望女儿知书识礼，希望儿子能力超群。在艰苦的日子里，罗登贤也不缺亲情和春光。

玻璃厂离家较远，有十几里的路程，父亲在玻璃厂做工，通常是早上出去，晚上回来，午饭就是从家里带上的几个馒头。

在玻璃厂，父亲是玻璃灯工，每天就是以玻璃管为基材，在专用的喷灯火焰上进行局部加热后，进行弯、吹、按、焊，利用玻璃的热塑性和热熔性将玻璃制品加工成型。面对通红的炉火，一天工作下来，自是十分劳累。

母亲在家务农，一边面朝黄土背朝天，靠几亩薄田勉强维持家里的生活；一边照看着三个未成年的孩子。

在罗登贤三岁那年，父亲就去世了，养育一家人的重担落在了母亲一个人的身上。稍大一点后，罗登贤每次看到忙碌不堪的母亲回到家里时都十分疲惫，便十分地心疼，总想着为母亲做点事情。一次午后，在家门口的河边，一场夏雨刚过，罗登贤就和小伙伴们从家里找来小铁锹，挖出泥土将河边的小沟围好围堰，用屋后废弃的瓦片将小沟里的水排出，果真在小沟里逮了不少的鱼。

罗登贤把逮到的鱼拿回家后，和姐姐一起用刀把鱼杀好，然后学着母亲的样子，在锅灶上点上火，在锅里舀上水，然后把洗净的鱼放入烧沸的水里，想等着母亲回家后把热气腾腾的鱼汤端给她。

对于孩子的孝顺，母亲看在眼里喜在心上。艰苦的生活，没有消磨她对未来的信心和希望。她希望自己的孩子长大后是一个有文化的人，因为文化不仅能够改变一个人的命运，还对一个家庭有着至关重要的意义。一旦孩子到了读书的年龄，母亲就是有再大的难，受再大的苦，都会毅然决然地把孩子送进学堂。在她的心里面，孩子能识字，才不会做呆板的事情，今后才会有出息。

罗登贤就被母亲送进了学堂，读了两年私塾。正是这两年的私塾生活，让他在后来的生活中能够阅读书报，并自学了不少的知识，以至于阅读了一些马列主义的书，培养了他坚定的共产主义信仰，对他后来成长为中国工人运动的领袖有着十分重要的影响。

贫困生活的凄风苦雨，降临到罗登贤一家的身上。为养育三个儿女，母亲起早贪黑地忙碌着，三十多岁就白了头发。皱纹也像一道道沟壑，刻在母亲的额头上。有一次夜里，躺在母亲怀里的罗登贤听见她在叹气，就对母亲说："妈妈，儿子马上就要长大了，等我长大之后我就帮你到田里锄田耕地，你就坐在家里，事情都由我和姐姐弟弟做。”

听到罗登贤的话，母亲把他搂得更紧了。说等孩儿长大了，妈妈就能享福了。

在勤劳而勇敢的母亲身上，罗登贤懂得了感恩，也懂得了替母亲着想。

都说穷人的孩子早当家。为了减轻家里的生活负担，更为了帮替妈妈，姐姐罗才刚过十岁，就跟着一个同乡去香港学做小买卖。罗才离家时，母亲舍不得，罗登贤也舍不得。姐姐尽管小，但平时对两个弟弟都像母亲一样给予照顾。罗登贤和母亲及弟弟一直把姐姐送到村口。在村口的大树下，母亲对姐姐千叮咛万嘱咐，让姐姐一个人要注意自己的身体，罗登贤站在一边，眼里噙满了泪。

罗才到了香港后，从不怕吃苦，她细瘦的膀子上挎着的摆着烟卷的篮子，简直比她的身体还大。由于在家读过几天书，罗才特别地聪明伶俐。一天，她走在街上吆喝着卖烟卷，无意中看到了南洋烟草公司招工的启事。在面试中，她的干练和机灵让她通过了考官的考试，幸运地被南洋烟草公司录取，成为了一个童工。

童工的工作是辛苦的，每天早上七点钟上班，到晚上七点钟才能下班。在烟草公司，罗才负责烟叶分拣。每天和烟叶近距离接触，再加上营养不良，罗才更显得面黄肌瘦。但是，罗才在心里想，自己能出来挣一口饭吃，也为母亲减轻了不少的负担。

罗才是大姐，长姐如母，所以罗才也常常站在母亲的角度想着问题。有了辛苦但还算稳定的工作之后，罗才首先想到要替母亲分忧，让弟弟也能有工作。于是，罗才把罗登贤接到了香港，自己来照顾弟弟，这一份亲情和爱，暖着罗登贤幼小的心，也给了他盼着自己快点长大的无穷能量。

罗才和罗登贤离开南海之后，母亲对这一对儿女便多了挂念。每天她从田里回家后，就会站在门前向远方看，一看就是半晌。她在想着女儿和儿子每天到底能不能吃饱肚子，她在想着他们姐弟俩会不会被人欺负。

虽然家中只剩下了母亲和弟弟罗能广，但依然没有减轻母亲的生活压力。不久，母亲就因为长期的负重劳作积劳成疾，患了重病。忧心忡忡的她，贫病交加，连饭都吃不饱的她又哪里有钱来治病呢？后来，这位刚强果敢、饱经沧桑的母亲卧床不起，在疾病的折磨和对儿女的思念中停止了呼吸，离开了她的三个儿女，离开了人世。

一个生命，树叶一般随风飘去。

父亲的早逝和母亲的去世对于罗登贤三姐弟来说是降临到头上的倾盆大雨。三个姐弟都还没有成人，此时他们是多么需要父母的疼爱和关照啊。

一阵风来，一阵雨去，对于一个底层的困顿家庭来说，风和雨可能就是日常的生活。好在还有亲情，还有明天。

送别了母亲，姐姐又把小弟接到了香港，姐弟仨在香港团聚，却是别有一番滋味在心头。

新的地点，新的开端，当然也孕育新的希望。对于一个经历生死、历经磨难的人来说，再大的困难也许就不可怕了，再大的坎坷也许并不把它看成坎坷了。童年的这些经历，磨砺了罗登贤的意志，锻造了罗登贤的品格。在罗登贤长方的脸上，那坚定的眼神里折射出的是正直和刚毅。

罗登贤来到香港后，时间不长，姐姐就出嫁了。他跟着姐姐，一直住在湾仔交加街 33 号三楼楼阁的家里。

罗登贤的姐夫是英国太古船厂的的工人，同是穷苦人出身，所以，平日里对自己这个只有十来岁的小舅子也是十分关照。

家事的变故让罗登贤变得沉默寡言，他常常蹲在街道边上，看着熙攘的人群发呆。

罗登贤茫然地看着街上行色匆匆的人，姐姐和姐夫却在一旁看着他。他们想，弟弟还太小，还不能到厂子里做学徒，最好的办法就是让他进学堂，学点文化知识，以便今后有用场。

在姐夫姐姐的努力下，罗登贤又走进学校读了两年小学，接受了西式教育。

在学校学习期间，罗登贤知道走进学校的不易，便对此机会十分珍惜。由于有两年私塾的学习基础，他在学习中总是能做好温习和复习，平时也注意阅读，无论是书刊还是报纸，只要能接触到的、能阅读的东西，他都是手不释卷。所以在班上，每次考试他都是名列前茅。不仅老师喜欢他，同学也喜欢他，还一致推选他为班长。后来他所具有的出色的组织能力，起点可能就在这里。在班上，罗登贤尊重老师，团结同学，学习好，人又勤快，深得老师和同学们的夸赞。

别看罗登贤年纪小，他的心像明镜一样，把事情都看得清清楚楚，对姐夫和姐姐充满了感激。在家里，罗登贤眼疾手快，总是帮着姐姐姐夫做一些力所能及的家务活，不是抢着扫地，就是抢着洗碗。姐姐不让他洗衣服，他总是在冲完澡后就顺手把衣服洗了，生怕给姐姐添累。罗登贤知道，姐姐姐夫一天工作下来很辛苦，很多时候还要替他着想，作为小弟，为他们替些手脚，分担一些事情，也是应该的。穷人家的孩子眼睛会说话，做事也麻利，他的这一点也深得姐姐欣慰、姐夫喜爱。

读了两年小学后，罗登贤十一岁。迫于生计的压力，也为了早日学点手艺养活自己，罗登贤离开了学校，在姐夫的介绍下来到太古船厂做起了学徒。这一年，是 1916 年。

1916 年，在中国，可谓风云变幻，发生了一些大事。

首先，中国工商业界利用西方列强忙于第一次世界大战的时间，大力发展实业。纺织、面粉、烟草、工矿业都有很大的发展，“实业救国”成为盛极一时的口号。同时，这一年，总共发生了十七起工人罢工。5 月，中国海员罢工获得了胜利，港府承认其工会，并增加工资。

政界更是一团乱麻。1916 年 1 月 1 日，中华民国大总统袁世凯登基做了“洪宪皇帝”，遭到孙中山及多省地方政府的反对。袁世凯建立年号为洪宪的中华帝国未能成功，只做了八十三天皇帝就于 6 月 6 日在忧惧中病故。袁世凯病故后，尽管黎元洪出任大总统，段祺瑞出任政府总理，但他们已经不能整治多省宣布独立的零碎的国土，中国进入军阀割据混战时代。

在这样凌乱的时局中，静心学成一门能养活自己的手艺，对于穷苦家庭出身的孩子，未必不是一个好的选择。

来到香江边的太古船厂，罗登贤要学的是安装电灯做一名钳工。多舛的命运，让罗登贤懂得感恩和珍惜，他知道只有学好手艺，才能为自己为家庭做一些事情。

到了厂里之后，勤快和勤奋，成了罗登贤的代名词。师傅们每天上班时，都会看到一个男孩在上班之前，把工作环境打扫得干干净净；工作中，他们也时常看到罗登贤在师傅的面前问长问短，忙个不停。

对学徒工来说，勤快是学好本领的基础，只有勤动手、多动脑，在学习手艺过程中才能事半功倍。由于罗登贤学习特别用心，他安装电灯的手艺进步很快。他安装电灯，既给他人送去了光亮，也给自己带来了光明。

旧时学徒，学徒工是不拿工资的，师傅只是在管吃管喝的基础上，月底发薪水时，再象征性地给点零花钱。学徒工在向师傅学习手艺之外，还要负责师傅的生活起居，缝补浆洗。罗登贤也是这样，每天早上起床后，他总是为师傅打好洗脸水，师傅换下来的衣服，他也是马上要洗净晾晒。就连师傅的衣服坏了，他也找来针线，学着把师傅的衣裳补好。

在太古船厂做学徒，每月师傅给的一点零用钱，罗登贤一分钱也不敢瞎花，除了买点牙刷、牙膏、洋皂等生活必须品，补贴家用，他把节省下来的钱全部用来买书和报纸。他坚信文化能改变命运，所以每天晚上，累了一天的姐夫都发出呼呼的鼾声了，他还就着如豆的油灯，趴在破旧的桌子上用心苦读。

通过一段时间的学习，罗登贤喜欢上岳飞的《满江红》、文天祥的《正气歌》以及洪秀全的《吟剑》等作，他被这些作品的词句吸引，也被这些作品的气节感动着。在他的笔记本上，他工工整整地抄下岳飞的《满江红》：“怒发冲冠，凭栏处，潇潇雨歇。抬望眼、仰天长啸，壮怀激烈。三十功名尘与土，八千里路云和月。莫等闲、白了少年头，空悲切。靖康耻，犹未雪。臣子恨，何时灭。驾长车，踏破贺兰山缺。壮志饥餐胡虏肉，笑谈渴饮匈奴血。待从头、收拾旧山河，朝天阙。”以及文天祥的《正气歌》：“天地有正气，杂然赋流形。下则为河岳，上则为日星。于人曰浩然，沛乎塞苍冥。皇路当清夷，含和吐明庭。时穷节乃见，一一垂丹青……”

抄录这些诗句时，他感到热血贲张、激情奔涌，一种属于少年人的梦想，在他的心里就像滚雷一样滚动着、轰鸣着，让他不能自已，不能入睡。

少年的罗登贤，尽管学徒的过程很辛苦，但他的身上，总是充满着活力。年轻人有的是勃发的力气，再疲惫的身体，只要睡上一个晚上的好觉，便又浑身是劲。

平时，罗登贤最喜欢的运动是足球。每到周末或假日，他就会和其他一起学徒的工友们，与年轻的师傅们进行比赛。太古船厂的外面就是广阔的大海，潮汐过后，沙滩平整光滑，很有弹性，很适合踢足球。他们找来几根树枝，在船厂旁边的沙滩上划出一块不太规整的球场，然后将这些树枝戳立在沙滩上，代替两边的球门。在比赛中，罗登贤踢的是前锋位置。这正好印证了他的性格，很多事情，他喜欢冲锋陷阵，冲在前面。

转眼之间，四年过去了，罗登贤也学徒期满。老板看到他做事很认真，又有闯劲，还有一些文化，就把他留在了厂里，继续做钳工。

第二章
闪耀在夜空的新星

罗登贤学徒期满时，正好是1919年。这一年，在中国历史上发生了震惊中外的五四运动。

五四运动的起因是北京大学的学生在校长蔡元培的支持下，举行反对巴黎和会和“二十一条”的罢课、集会和游行。巴黎和会决定，将德国在山东的权益转让给日本。而“二十一条”则是第一次世界大战时期日本强迫袁世凯签订的卖国条约，主要内容就是要中国政府承认日本继承德国在山东的一切权益，其中包含旅顺、大连的租借期限以及南满、安奉两条铁路管理期限延展至九十九年为限；所有中国沿海港湾、岛屿概不租借或转让给他国；中国政府聘用日本人为政治、军事、财政等顾问等。对这彻头彻尾的卖国条约，抗议活动从北京扩展到全国，后来得到全国学生和工人、市民的响应，学生罢课，工人罢工，商人罢市，由于全国人民的坚决反对，“二十一条”最终未能付诸实施。对于当时的中国，作为反帝反封建的革命运动，五四运动就像燃烧在荒原上的火焰，把灰暗的中国照得一片火红，成为新旧民主主义革命的分水岭。在北大游行的学生里，就有一个后来受罗登贤尊敬和景仰的中国早期工人运动领袖邓中夏。

远在香港的罗登贤知道这如火如荼的爱国运动后，心里十分激动。虽然他身在香港，但此时的香港却是英国的殖民地，他在心里，感到无比的憋屈。

在学徒过程中，罗登贤深深感受到来自英帝国主义和资本家的剥削和压迫，他们身穿西服，手里拿着文明棍，嘴里叼着雪茄，一副颐指气使的大老爷的神气，不劳动却过着富裕舒服的生活。就连包工头，也是穿着干净的府绸衣衫，对工人们吆五喝六。

为此，在他的心里，经常出现的是“为什么”这个疑问：为什么不劳动的人却过着花天酒地的生活？为什么资本家的狗腿子收入丰厚、生活阔绰？为什么忙得累死累活的工人没有房子住又吃不饱饭？为什么工人们被压榨却不去还击？……

这太多的“为什么”就像压在他头顶的乌云，让他气短胸闷，不能很好地呼吸。

十四岁的少年，尽管过早地用劳累的工作体味着生活的艰辛，但他的眼睛依然是明澈的，他的眼睛里不揉沙子，看着远方，他的眼睛总是光亮无比。

一次，一个和他差不多大的学徒工，一不小心把一颗螺丝拧错了地方，虽然，只要在原来的地方加上一颗即可，但是被工头监工时看到了，工头来到这个学徒工面前，不问青红皂白，对着他就是一顿拳打脚踢，旁边的工人也没有人敢去阻止。站在一旁的罗登贤，牙齿咬得咯咯响，拳头也不由得攥得紧紧的。当工头恶狠狠地扬言要把这个学徒开除时，罗登贤挺身站了出来，他跟工头说，是他没有和这个学徒工说清楚，所有的责任都由他来承担。

面对罗登贤逼人的眼神，恼怒的工头一时说不上话来。加上围拢过来的工人纷纷指责工头出手打人不对，工头理屈词穷，只好悻悻地离开了现场。

这次打抱不平，罗登贤受到了姐夫的责怪，要他今后万事小心，不要惹事，保得平安才是最最重要的。但是对工友们来说，从这件事情上，他们看到了罗登贤的正直和善良、坚毅和果敢，也看到了罗登贤身上所具有的甘为别人作牺牲的品质。尽管这些工友们没有什么文化，但是，在罗登贤身上，他们看到的分明是一束光，而这束光也正是他们所寻找的，因为在迷茫混沌中，这样的光不仅给人以温暖，还给人以照耀。

1921 年，一轮红日挤破东方沉重的乌云，终于跃出了地平线。

盛夏的上海虽然闷热潮湿，但在贝勒路树德里 3 号的建筑里，中国共产党第一次代表大会的秘密召开，为中国的未来带了光明。

此时，香港已经是大英帝国引以为豪的国际贸易港。在坚船利炮的护卫下，作为英国的殖民地，香港的繁华背后，是资本家对华工的残酷剥削和凶狠压迫，以及穷苦劳工的唉声叹气。

困苦的生活，在罗登贤和太古船厂工友们的眼里，就像漫长的黑夜，总是看不到光明在哪里。

每天，罗登贤他们的工作时间都要有十多个小时，从早上上班，到晚上下班，几乎没有休息的时间。即便这样，罗登贤和工友们的工资和待遇还十分低下，私下，他们总是怨气不断，发泄着心里的不满。

罗登贤和工友们流露出的不满情绪，并没有引起船厂资本家和包工头的注意，因为他们一直认为，在香港，最不缺的就是工人。工人们有苦力做，就有一碗饭吃，已经很不错了，如果哪个敢造反，就只有失业，去饿肚皮睡马路。

对穷苦工人的合理诉求不闻不问，一些海员和船工终于忍无可忍，开始奋起抗争。此时，从上海传来的上海英美烟厂工人大罢工和顾正红领导的日资内外棉七厂工人大罢工的消息已经传到了香港，这对罗登贤和太古船厂的工友们来说，无疑就像在一片被压抑已久的貌似平静的湖面上，激起波澜。

第一次世界大战后的20世纪初，很多国家的工人都生活困苦，希望上调薪资，改善生活。香港海员包括罗登贤所在的太古船厂的工人当时的生活状况是：工资微薄，普通工资每月大概在二十元以下，而物价又逐年飞涨，海员工资不够维持生活；包工制的剥削，待遇的不平，使中国海员与白人海员虽做同样工作，却并不能得同等工资，普通是二与十之比，其他待遇更是悬殊，凌辱打骂及罚金等酷虐待遇，不可胜计；还有失业恐慌，自帝国主义侵入中国以后，手工业与农业破产，沿海一带，失业农民及手工业工人，群趋大都市找寻工作，于是大都市里有广大的劳动后备军，船东与包工头恃有此广大劳动后备军，肆无忌惮地对在业海员施行无情的剥削。

两种情势的对立，注定要引发一场风暴，让历史见证工人的力量和决心。

1921年9月，香港海员工会在苏兆征等人的领导下，向资方提出了增加工资的要求，遭到了英国资方的无情拒绝。年底，香港两大英资公司渣甸船务公司和太古船务公司的海员再次向资方提出加薪要求，又被坚拒。

苏兆征是中国工人运动的先驱和著名领袖，中华全国总工会的主要创建者和领导人，国际工人运动活动家，中国共产党早期重要领导人之一，1925年春加入中国共产党。

苏兆征是广东香山县淇澳岛淇澳村人，出生于贫苦农民家庭，十八岁到香港谋生，长期当海员工人。1908年，苏兆征二十三岁，他加入了孙中山领导的同盟会，参加了推翻清政府的革命活动。1917年俄国十月革命爆发后，苏兆征受其影响，积极投身于工人运动。1920年，同林伟民等筹建海员工会组织。1921年3月，与林伟民等在香港建立中华海员工业联合总会。

面对加薪要求一再被拒，罗登贤和工友们感到不公，感到愤懑。他在和工友们交谈中，不时地向他们传递着上海等地方罢工的消息，让他们知道，薪酬的提高，生活的改善，绝不能依靠资本家的良心发现，只有苦难的劳工们一起团结起来，拧成一股绳，才能形成力量，和资本家和包工头进行抗争。

尽管罗登贤的年龄不大，此时抗争的信心和勇气都是自发的，但他从读过的文章中获得了智慧，所以，他对当时的时局，总是能比很多比他年长的工友看得更清楚。

资方一而再再而三的拒绝，并没有让工人要求加薪，改善工作条件的风波得以平息；相反，工人们在经过组织和准备之后，一场大罢工已经摆在了眼前。

1922年1月22日，隆冬中的香港寒意并不很重，相反，吹在身上的海风，在给人们带来春的气息的同时，仿佛还给人带来了很大的鼓舞。在苏兆征、林伟民等的领导下，由香港海员工会宣布，饱受压迫剥削的香港海员工人，从这一天正式开始大罢工。为了将罢工进行得彻底，工会向参与罢工的海员每人每天发放四角五分到一元的生活费。这样一来，在短短的一周时间内，参加罢工的海员就多达六千人。到1月底，罢工得到了其他公司的海员以及码头起货工人和煤炭工人的响应，一时间，罢工人数超过了三万人。声势浩大的罢工行动，致使香港海运瘫痪，一百五十多艘商船滞留维多利亚港内。即便这样，资方仍坚决不肯加薪。

对这场始料未及、不可逆转的罢工行动，罗登贤被震惊、被震撼了。一直在海边的船厂里上班，他还没有看出拍打着船舷的浪花能有多么大的能量。今天，现在，当他看到这些看似微小的浪花聚集到一起的时候，他哽咽了，任泪水在面颊恣意流淌。这让他知道了，一个人如果只生活在小我的环境里，他能转化出的能量，总是微不足道，只有把自己汇集到集体的洪流里去，所转化的能量才能形成洪流，坚不可摧。

面对声势浩大的罢工游行，港督司徒拔不仅不考虑香港海员的合理诉求，还采取了强硬手段，通过戒严令，想对罢工局面进行控制。

1922 年 2 月 1 日上午七时，三辆警车呼啸着开到德辅道中的香港海员工会的门口，从车上跳下来十几个武装齐整的警察，他们一路小跑，用武力对海员工会进行了查封，还强行拆除了香港海员工会的招牌。

无耻的行径并没有吓倒罗登贤等海员工会的海员们，相反，却引起了香港其他行业工会的同情。面对海员工人的遭遇，香港各行业工会予以了积极的响应和声援，最终发动了十多万人参与的总罢工。

面对汹涌的罢工浪潮，港府官员、船公司代表、东华医院绅董坐不住了，于 2 月中旬派人和海员代表苏兆征等进行谈判，双方各执一词，无果而终。

为了抵制海员们如火如荼的罢工局面，香港政府还派人到外地招募新的工人，因罢工而停航的天星小轮，也只好由英军派人驾驶。在罢工过程中，罢工海员对香港港口进行了封锁，禁止广东各地粮食运往香港。香港的罢工行动，得到了广东等地民众的积极响应，引起了驻港的英政府的恐慌。

在总罢工期间，有不少工人离开香港，返回广东等地。面对工人的大量离港，英政府在 2 月 28 日下令九广铁路停止运营。3 月 3 日，香港早已是一派春光，但就是这一天，成为香港历史上最黑暗的记忆。这天，约两千人的罢工工人因为火车停驶、汽车停运而不得不步行返回广州，当浩浩荡荡的队伍途经沙田时，遭到了驻香港的英国军警开枪阻止，这一惨案造成数人死亡，多人受伤。香港政府惨无人道的野蛮行径，引发了香港民众的更大愤怒，斗争得也更加激烈。

“沙田惨案”发生后，劳资对立更加无法调和。港英政府参与调停也没有结果，最终，还是由英国驻广州总领事代表出面调停，劳资双方及港英政府达成协议，资方才同意加薪百分之十五至百分之三十，港英政府解除了对香港海员工会的封锁，释放被捕人员，并对沙田惨案受害者发放了抚恤金。

罢工结束之后，罢工的海员工人陆续回到广州，海员工会在广州设立了罢工总办事处，苏兆征被选为总务部主任，后被推举担任代理会长职务，负责全面的领导工作，并出任谈判代表。苏兆征在谈判时坚定沉着、机智果敢，紧紧依靠广大海员，不为英国殖民主义者的高压政策所动摇，也不为资本家的甜言蜜语所迷惑，领导罢工取得了胜利，这深深鼓舞了香港广大的海员。

纵观此次罢工的全部过程，罗登贤是叹服和信服的。一个有着一定文化基础的、对未来有着一定想法的大小伙子，他的身上除了充满正义的能量，还有热血在贲张。在他生命的成长中，通过这一次的罢工，他知道了哪里有压迫，哪里就有反抗。

在中国共产党领导下的全国工人的支持下，香港工人的罢工斗争坚持了整整五十六天，打击了英帝国主义的嚣张气焰，使英国资本家遭受了巨大的经济损失，至 1922 年 3 月 8 日结束。

由于组织严密、措施得当、成果丰硕，对这次香港海员大罢工，中国工人运动的领袖邓中夏评价说，这是“中国第一次罢工高潮的第一次怒涛”。

其实，早在 1920 年 4 月，罗登贤就在香港机器工人的罢工中，领略了无所畏惧的工人的风采和力量。这次罢工，得到了太古船厂工人的积极响应，在斗争中，太古船厂还建立了自己的工会组织。

作为工会的积极分子，罗登贤以饱满的热情和激情参与了工会的各种活动。在一些活动中，他尽管年龄较小，但能说会道、能写能画，身上又充满着正义感，工会活动中的很多事情，也都由他去做。

比如印传单、写标语、喊口号，比如在会议上读一些通知等，他都是跑前跑后，忙得不亦乐乎。

香港海员罢工时，太古船厂的工人首先和渣甸船厂的工人举行了罢工。罢工开始之后，太古船厂的御用工会即“华人机器会”搞阴谋，企图破坏已经组织好的罢工。他们根据港英政府的授意，在船厂成立了“工团调停罢工会”，对参与罢工的工人们进行劝阻、离间，把水搅浑，说他们支持海员罢工，但罢工的目的是为了获得经济上的帮助，他们会想办法解决这些问题，要罢工的工人尽快复工。

这些分崩离析式的蛊惑，欺骗了一些意志不坚定的工人，一些人或徘徊观望，或畏首畏尾。面对这突发的情况，罗登贤和工会其他的积极分子一起，及时将港英当局和华人机器会的阴谋诡计进行了揭露。

在一次会上，罗登贤慷慨激昂，他说：“工友们，这次罢工，是海员工会为大家谋取福利采取的统一行动。在这个行动中，我们应该步调一致，不能被一些人的鬼话所蒙蔽。”

说到这里时罗登贤停顿了一下，然后又坚定地跟工友们说：“为了共同的利益，我们的工人如果同意罢工，就应该果断地、决然地加入到罢工的行列中来，不能接受所谓的调停，因为接受了调停，就意味着妥协，就会使我们的计划功亏一篑，我们所做的一切就会付之东流，原先确定的目标也就不能实现。”

罗登贤的讲话鞭辟入里，像潮水一般一浪一浪地撞击着工友们的心。俗话说，有志不在年高，无志空活百岁，对眼前这个年轻工友的表现，工友们很信服，也从中吸收到能量。

其实，从这次罢工的一开始，罗登贤就参与领导了太古船厂的工人罢工，在罢工过程中，有自己的想法和谋略。他认为，向船厂资本家提出增加百分之十五的工资比较容易成功，资方容易接受。因为所有的资本家，他们的本质是剥削，如果罢工提出的增加薪金的要求太高了，资本家就会拒绝工会提出的罢工条件，罢工就不会有结果。就像一张弓，如果用力太猛，把弓的弦拉断了，箭就射不出去，弓也就失去了应有的作用。

罗登贤和工友们的想法，并没有得到资本家的重视，一开始，他们拒绝了工会提出的加薪要求，还色厉内荏地放话，一分钱工资都不会涨，挑头的人，还要受到厂里的严肃处理。

面对恫吓，罗登贤和罢工的工友们没有退却。对一个家无片瓦、身无分文的赤手空拳的人来说，一切的恐吓和讹诈都是徒劳的。他们在斗争中相互激励，相互关怀，臂膀挽着臂膀，用男人的身躯组成了一道坚不可摧的盾墙。

一周过去了，半个月过去了，一个月过去了，资本家和罢工的工人们用两种力量在进行对抗。

在这场对抗中，罗登贤和工人们勒紧腰带，忍着饥饿，用坚定的眼神表达着自己的坚定决心，不达目的，决不复工。

对工人们的罢工，一开始，傲慢的英国人并没有引起足够的重视，他们认为，这些劳工，就像一盘散沙，不工作，就没有饭吃，就不能养家，这样坚持不了几天，就会乖乖回厂上班。他们没想到，工人的罢工会坚持这么久，一直处在复工无期的状态，直接影响到生产和生意。

这回，轮到资本家坐不住了。他们把罗登贤和工会的罢工代表请到船厂办公楼的二楼会议室，假惺惺地为几位代表每人倒上一杯茶，让罗登贤他们提出复工的条件。

罗登贤和工会代表交换了一下眼色，便首先发言，代表罢工工人表明观点。

“我们的罢工，并不是向你们资本家提出无理的要求。我们每天起早贪黑，一天工作十几个小时，根本就没有休息的时间，而所得的工资，竟然填不饱肚子，更谈不上养家。而你们，平时开着豪车，整天花天酒地，根本不顾我们工人的死活。”罗登贤年少气盛，说话像机关枪，上来就是一梭子。

接着，罗登贤又连珠炮一般对资本家进行了炮击，说：“我们的工会开出的条件并不高，我们只要求增加百分之十五的工资，这对于你们，只是少开几场舞会少喝几瓶洋酒，而对于我们工人，就是养家糊口，就是基本的生活保障。这是我们的底线，也是我们的目的，没有什么可以讨价还价的。”

经过激烈的争吵和斗争，最后资本家无条件同意了增加工人工资的要求。面对这一结果，罗登贤和工人们击掌庆贺。这次罢工，不仅提高了工资，改善了一些物质生活，同时也为今后的斗争积累了一些经验。

在这次罢工斗争中，工友们认识了智慧勇敢、年轻而充满激情、能干的罗登贤。而资本家，也对这个挑起事端、能言善辩、敢于反抗的青年人怀恨在心，罗登贤无疑成了他们的眼中钉、肉中刺。

一天，船厂的资本家与港英当局勾结，以罗登贤破坏生产工具为由，直接招来了警察，把他从船厂工地带走。到了警察局，聚众造反、煽动工人闹工潮等罪名一起被扣到了他的头上，还被判处了半年的徒刑。在提审过程中，罗登贤据理力辩，控诉资本家压迫剥削工人的累累罪行，陈述工人们艰苦的工作环境和惨淡的生活场景，对于他组织工人闹工潮的诽谤，更是进行了有力的抨击。

牢狱之中，罗登贤没有消沉，相反，却激发起作为一个革命者的斗志。对于一个理想和抱负已经逐渐明晰起来的年轻人来说，一切的雨打风吹，都是前行途中的历练，就像要成为一锭好钢，一定要进行淬火。

出狱之后，罗登贤立即和工会成员郭登、沈润生、袁超德、陈齐阶等人一起分头开始了活动，团结和串联香港的轮船司机、铁业、汽车、船坞、铅铜、钨厂等行业的工会，广泛开展工会活动，保护产业工人的利益。期间，他还组织成立了香港金属业工会，成为这个工会的创始人和领导者。

一颗新星，已经开始闪耀在中国工人运动的夜空。

让罗登贤庆幸的是，在这次香港海员组织开展的五十六天大罢工中，罗登贤结识了中国工人运动的早期领袖苏兆征。认识苏兆征，这对于处在人生十字路口的他来说，是在迷茫中一下子就找准了前进的方向。

苏兆征比罗登贤整整大二十岁，是广东香山人。南海县离香山县也不远，算起来也该称老乡。

苏兆征和罗登贤一样，也出生在一个贫苦的农民家庭。十八岁那年，就离开老家到香港的外国轮船上做杂事。

说来也巧，在做海员时，在轮船上干活的过程中，苏兆征认识了经常乘船奔走于各地开展革命活动的孙中山。聪明能干的苏兆征深得孙中山喜欢，在孙中山的帮助和鼓励下，苏兆征于 1908 年参加了同盟会。

1917 年，受俄国十月革命一声炮响的影响，苏兆征开始投身工人运动，并与林伟民等工友一起，在 1921 年 3 月在香港成立了中华海员工会联合会。

苏兆征和林伟民等领导的香港海员大罢工，像一场淋漓的暴雨，冲刷着罗登贤的内心。在这场斗争中，他看到了一个人的渺小，也感受到了汇集起来的集体力量的巨大。在他的心里，这些汇聚起来的力量就像洪流，简直无法阻挡，那些看似强大的虚妄的资本家们，在团结起来的工友们的面前，就像泥石流中的一小块石头，根本没有抵抗的力量。

罢工之后，一切的工作又复归平静，而此刻，被革命的火种点燃的罗登贤，已经把整个心都投入到如何进行革命斗争的思考中。

对一个富有进取心的激进的青年来说，二十来岁的年纪，几乎没有什么不可以做成的事情。青春是资本，青春也是动力。在罗登贤心里，昨天罢工斗争的胜利，只是更大斗争的前夜，真正的风暴，还没有来临。

于是，在平常的工作中，无论是对比自己年长的师傅，还是对比自己年轻的学徒，他都主动和他们进行交流。 工人们在这次罢工中看到了罗登贤的智慧和果敢，也乐意把心里话说给罗登贤听。

一天傍晚，海边沙滩足球场上工友间的足球比赛又拉开了阵势，他们一个个赤着膊、光着脚对垒了起来，旁边，还有不少的工人为两边的队伍加油。 正在双方杀在兴头上时，身着白色西服的英国资本家手里拿着文明棍，在狗腿子包工头的陪同下走了过来，要工人们停止比赛。 还说工人在工作时偷懒，在比赛中却有用不完的力量。

面对资本家不分青红皂白的指责，罗登贤和工友们停下比赛，一起把资本家和包工头围了起来。

罗登贤大声对资本家说：“我们在工作中兢兢业业，没有偷懒，也对得起你们付给我们的工资。 我们在下班后踢足球玩，也是我们正当的权益。 我们不是猪，关在笼子里任你们宰杀；我们是人，我们有自己的爱好，也有自己的生活。”

此时，工人们也都你一言我一语，纷纷斥责资本家的蛮横无理。面对愤怒的人群，资本家一行人理屈词穷，涨红着脸，用文明棍在围起的人群中拨开条缝，悻悻地溜了出去。

资本家走后，罗登贤对围着的人群说：“大家看到没有，资本家并不看我们工作的好坏，只是依靠他们的情绪来行事，而我们，只要团结起来，在关键时候不退让、不退却，资本家就拿我们没有办法，我们也能赢得最后的胜利。”

沉着坚定，机智勇敢，罗登贤在斗争中面对资本家的高压言行毫不畏惧，在广大海员中树立了自己的威望。

在苏兆征和林伟民的影响下，罗登贤的思想觉悟和工作能力有了显著提高。 特别是在 1924 年 7 月，林伟民到苏联参加赤色职工国际运输工人大会，同时在苏联参加了中国共产党后回到香港，经常向罗登贤等船员和其他行业工会的工人们宣传十月革命之后苏联人民投身革命和建设的情况，罗登贤的内心，就受到了鼓舞和充满了希望。

在中国共产党的帮助下，1924 年 1 月 20 日，中国国民党第一次全国代表大会在广州召开。 大会由孙中山主持。 共产党也选派代表李大钊、毛泽东、林伯渠、瞿秋白等出席会议。 在大会上，还通过了由共产党人帮助起草的宣言和党章，接受了中国共产党反帝、反封建的民主革命纲领，重新解释了三民主义，确定了联俄、联共、扶助农工的三大政策。

1924 年 5 月 10 日，中国共产党在上海召开中共中央三届一次扩大执行会议，陈独秀、蔡和森、瞿秋白、毛泽东、邓中夏等出席会议，会上，通过了《共产党在国民党内的工作问题议决案》以及工会运动、党的组织、宣传教育等决案，总结了国共合作五个月以来的经验，强调指出在产业工人中发展党的组织工作的重要性，说明了产业工人是中国共产党的基础。 在这次会议上，邓中夏被任命为中共中央工会运动委员会书记，成为中国工会运动的领导人。 后来，罗登贤在和邓中夏一起工作时，从他的身上学习到很多。

1924 年 9 月，中共中央先后派周恩来和陈延年到广东担任中共广东区委书记。 陈延年走马上任后，清醒意识到香港在不包括海员的前提下，就有思想激进的工人两万多人，对于这个庞大的数字，他认为是开展革命活动的基础，在关键的时候可以发挥巨大作用。 12 月底，陈延年委派共产党员杨殷、陈日祥两个人以国民党中央工人部干事的名义到香港检查工作，建立党的支部。

一到香港，他们就忙碌开来，经常在机器工人聚会的“醒艺群工人俱乐部”等处活动，和工友们交朋友，向他们宣传革命道理。 俱乐部是工人聚会的地方，平时，太古船厂、九龙船厂和电力公司等地方的机器工人们都会在此聚会。 罗登贤是这里的活跃分子。

在“醒艺群工人俱乐部”，罗登贤和杨殷、陈日祥进行了充分的接触，从言谈交往中，懂得了许多革命的道理。 在他们的帮助下，罗登贤深刻钻研学习了马克思列宁的理论，充分认识到一个人的成长，一定要把自己融入社会的大背景、身边的小环境里。 俗话说，“近朱者赤，近墨者黑”，和积极进步的人在一起，他的人生也必定是盎然向上、昂首向前的。

陈日祥比罗登贤大十岁，是广东省宝安县南头人。1923 年他在广州石井兵工厂工作，是广东兵工厂“十人团”成员之一。第一次国共合作后，陈日祥到香港发动工人罢工、学生罢课，并参与组建中共香港支部。

应该说，和苏兆征、林伟民、杨殷、陈日祥的交往中，罗登贤充分认识到，一个人要活得有意义，就不能只为自己活，罢工和斗争的目的，也不是仅仅让自己的生活得到改善，而是要为大多数工友着想，为广大的劳苦大众着想，汇聚到集体的洪流之中。只有这样，才能推翻压迫劳苦大众的统治者，成为一名合格的无产阶级战士。

心里愈发亮堂起来的罗登贤，在革命的征途上，经受着考验，也显现出朝气。

1924 年 10 月，初秋的香港绿意葱茏。受赤色职工国际运输工人委员会的委派，中共党员黄平接受党的指示，到香港组建国际海员俱乐部，以团结广大海员。1925 年，为了加强对香港工人运动的领导，中共广东区委便委派已经在香港开展活动的黄平再以国民党中央工人部驻港特派员身份组织中共香港特别支部，并担任书记。黄平出生于湖北汉口，长罗登贤四岁。1923 年到莫斯科东方劳动者大学学习时，与赵世炎、陈延年、陈乔年、聂荣臻、王若飞、叶挺等人一起接受马克思主义教育，1924 年经赵世炎和陈延年介绍，加入了中国共产党。

为了配合黄平在香港开展工人运动，广东区委还相继派遣了梁复燃、罗珠来到香港，和黄平一起开展工作。此时，黄平还兼任广东区委职工委员会的书记，在他的领导下，建立了党的组织。也许是同姓的缘由，罗珠见到罗登贤便感到格外的亲切，对这位宗亲老弟身上散发的革命热情，也是非常地欣赏。在开展活动时，黄平有意在罗登贤身上压担子，对他进行帮助和培养。一棵树苗，经历过雨打，经历过风吹，沐浴着拂面而来的和煦春风，开始了拔节生长。

1925 年秋，对罗登贤来说，值得永生纪念。在广州嘉南堂（现在人民南路新亚酒店）的四楼上，罗登贤经罗珠和杨殷介绍，光荣地加入了中国共产党。他也是中国共产党在省港大罢工工人中发展的第一批党员之一。入党后不久，在党的领导和教育下，他在开展工人运动中迅速成长，成为了香港海员工会的秘书。

这一年，罗登贤刚好二十岁。人生新的开端，像一轮旭日，在生命的地平线上冉冉升起。

回到香港后，他更加努力而积极地投身工作。此时，尽管他依然住在姐姐家低矮黝黑的阁楼里，但在就着小油灯阅读着党的相关文件和一些书报时，他分明感到，这盏油灯照亮的，已经不是这间小屋，它照亮的，分明是香港，分明是中国，以及人类的解放事业。

第三章
搏击风浪

1925 年 5 月 30 日，在上海发生了五卅惨案。这一天，上海两千多名学生在租界内散发传单，发表演说，强烈抗议日本纱厂资本家镇压工人大罢工，在抗议过程中，英国巡捕竟然向游行队伍开枪射击，当场打死工人顾正红以及上海大学学生何秉彝、同济大学学生尹景伊以及罢工工人共十三人，还有二十多人被打成重伤，一百五十多人逮捕，由此发生了震惊中外的五卅惨案。

五卅惨案的消息，风一般传到了广州。

惨案发生的第二天，在广州，陈延年、周恩来、杨匏安、李启汉、邓中夏等便召开了中共广东区委紧急会议，建议成立一个“五卅惨案灵思委员会”，联络广州工农商学兵等各大团体，于 6 月 2 日进行示威大游行，声援上海工人阶级的斗争。

五卅运动就像一根导火索，在中国大地迅速燃烧起来，成为中国国民反对帝国主义的爱国运动。

在香港，当工人听到五卅惨案的消息之后，愤怒的火焰便在每个人的心中燃烧了起来，罗登贤和工人们一样，群情激奋，义愤填膺，他们高呼口号，表示要对五卅运动进行实际行动上的支持。

为了对声援工人进行切实的帮助和指导，5 月初，由中国共产党领导的刚刚成立的中华全国总工会，决定派秘书长兼宣传部长邓中夏莅港开展工作。在中华全总第一届执委会选举中，林伟民当选为委员长，刘少奇、邓培、郑泽生当选为副委员长。

邓中夏参加完在广州举行的紧急会议后，当天，他就以中华全国总工会代表的身份，和以国民党中央党部代表身份的杨殷、杨匏安一起来到香港，会同在香港的中华全国总工会执委苏兆征以及中共香港支部、共青团支部等一起对工人进行组织发动，为举行大罢工做前期准备。

此刻的罗登贤，像暴风雨就要来临时的海燕，贴着海面，在盘旋。在他的心里，作为一名共产党员，在党的领导下，冲锋就是对党的决定的最好响应。

在苏兆征的领导下，罗登贤和陈权、陈郁等人一起，决定首先发动海员、金属业工人和太古船厂工人进行罢工。

邓中夏与杨殷等人到达香港后，住在了九龙油麻地柏街 31 号四楼，杨殷的亲戚张克青的家里。他们住下来后，和苏兆征即刻会同香港地下党支部书记黄平，先后召开了包括罗登贤在内的党团员骨干会议和各工会负责人会议，传达中共广东区委和中华全国总工会关于发动省港工人大罢工声援上海五卅运动的决定。在会上，邓中夏提出了

“稳住大头，上下两头抓紧，四面八方兼顾”的斗争策略，要求参加会议的骨干们立刻发动工人，准备罢工。

邓中夏坚定地说：“尽管我们有很多困难，但有利条件还是有的。比如，苏兆征领导过香港海员大罢工，在工人中有很高的威望。在他的影响下，海员工会是会跟我们走的。另外，电车等一些工会，有我们的群众。只要我们充分利用这些有利条件，罢工是可以发动起来的。”

邓中夏扬起右手，接着说：“香港工人对英帝国主义是非常仇恨的。仇恨，这是埋在工人心中的炸药。现在，炸药还没有点着，所以大家还看不到它的力量。炸药一旦点燃，大家就会知道它的力量有多大。要把炸药点燃起来，必须从两方面下手：一是宣传群众，组织群众，把群众发动起来；二是从上边争取，团结那些行会工会的领袖参加罢工。”

听到邓中夏切中要害而又激情澎湃的讲话，罗登贤被他的风采吸引了，他折服于邓中夏敏锐的洞察力和非凡的气质，更折服于邓中夏作为工人领袖的组织能力。和邓中夏相比，罗登贤知道自己还有很远的路要走。

6 月 9 日，邓中夏和黄平主持召开全港党团会议，决定成立“全港工团联合会”和“全港工团联合会党团委员会”，作为发动省港工人罢工的指挥机关。党团委员会由邓中夏、黄平、苏兆征、杨匏安、杨殷等五人担任委员。在这次会议之前，罗登贤协助邓中夏、苏兆征草拟了相关的文件，把自己的激情和智慧融进了这次大罢工中。

隔了一天，在香港车衣工会四楼的一间会议室里，邓中夏和苏兆征主持召开了全港工团联合会代表联席会，海员工会、车衣工会、肉行工会、电车工会、持平工会等派出代表参加了会议。邓中夏代表中华全国总工会在会上作了动员讲话，介绍了五卅惨案发生的经过，揭露了帝国主义屠杀同胞的反动罪行，号召香港的工人们一起起来，和全国的工人们一道与帝国主义反动势力作针锋相对的斗争。

邓中夏的讲话，对罗登贤和其他参加会议的人触动很大，他们纷纷表示要在香港举行总罢工，以实际行动响应上海人民反抗帝国主义的斗争。会上，邓中夏宣布正式成立全港工团联合会，并指命苏兆征为联合会的会长。

会议结束的当天晚上，邓中夏和杨匏安回到广州，向广东区委汇报了香港发动罢工的相关情况。12 日，邓中夏还找到国民党中央党部工人部部长、国民政府财政厅厅长廖仲恺，向他陈述了省港罢工爆发后即将遇到的困难。听了陈述，廖仲恺答应，香港工人在罢工期间，财政厅每月拨款一万大洋对罢工进行有力支持。

有了廖仲恺的明确答复，罢工的条件就更加成熟了。第二天，中华全国总工会在广州太平南路 45 号海员俱乐部设立省港罢工委员会临时办事处。

15 日，一封以中华全国总工会名义发表的《致香港各工团的信》传到了罗登贤以及其他参与罢工的工人们的手上：

迳启者：

自上海日本纱厂资本家惨杀顾正红案发生之后，日英美帝国主义者更蝉联不断屠杀我同胞，同时九江、青岛、汉口等处日英美帝国主义者，亦先后杀戮我工界多人，可知帝国主义者，已在我国境内下全体动员令向吾人进攻。吾人若不急起一致反抗，则国将不国矣。我工人阶级在民族革命中本负重大使命，对此更应同仇敌忾，为民族独立之先锋，引导全国同胞一致动员，向帝国主义者反攻，匪特援助被害之同胞，抑亦为我工人阶级之本身利益所应有工作也。本总工会前已派代表前往各处工团，指导一致作实力的对抗。现据代表回报，贵处各工友对此异常激烈，进行方法亦准备妥当，并组织全港委员会筹谋指挥，闻听之下，殊深嘉慰。兹仍派代表前来协助进行。特此函达贵工团等立即通令全体工友一致罢工，以制帝国主义者死命，并希提出要求。不达目的不止。仍盼望将罢工奋斗情形，随时函报为盼。

此致香港各工团。

罗登贤接到这封信后，便在苏兆征的领导下紧张地忙碌起来。

6 月 17 日，他随苏兆征一起参加了在“每餐楼”召开的香港各工团负责人会议。在这次会议上，还成立了“全港工团联合会罢工发难委员会”，苏兆征还当选为干事局长，发动和领导全港工人大罢工，声援上海五卅运动。

参加完会议，根据苏兆征的指示，罗登贤便全身心地投入到工作之中。二十岁的年轻人，一旦他的心里有了目标和理想，他的身上就会激发出无穷的动力。

第二天，罗登贤利用了整整一天的时间，走访了电车工会、华洋排字工会、洋务工会和海员工会，让他们以全港工团联合会的名义率先进行罢工，其他工会随后跟上。

罢工在 19 日晚上正式开始。紧接着，洋务工会、起落货工会、煤炭工会、机器工会和船坞工会等都相继举行了罢工。看着数十万工人纷纷乘坐火车和轮船离开香港，取道前山、江门、三水河口回广州，罗登贤的心里就像决堤的江水，感受到不可阻挡的力量。

在工人撤离香港时，罗登贤发现有的人出于对帝国主义的仇恨，打算用煤油和汽油点燃船只，引发爆炸，让香港置于火海，他立即向苏兆征和邓中夏进行了汇报。听到汇报后，苏兆征和邓中夏要求罗登贤立刻返回到工人中去，向工人们传达他们的指示，对工人们晓以大义，并向工人们说明香港是中国的领土，罢工只是暂时的撤离，今后香港还会回到人民的手中，让工人们保持冷静。

此时，作为香港金属业工会选举出的罢工代表，罗登贤根据分工和指示，也率领着罢工海员和金属业工会的工人从香港撤离。

一路颠簸，一路豪情。从香港到广州，罗登贤看着和他一样刚毅勇敢又对明天满怀希望的工友们，更加对罢工斗争充满信心。无论是在拥挤的轮船上，还是在狭小的车厢里，他虽然和工友们说笑着，但目光一直直视着前方。

罗登贤和工友们刚抵达广州，就接到中共广东区委关于统一工人运动的指示，并要求建立香港金属业工会。在金属业工会成立大会上，罗登贤被任命为中共香港金属业工会支部书记，并任香港机工联合会负责人，同时还兼任机工联合会罢工工人代表团团长。

接受了任命，就意味着肩负使命。和罗登贤一起回来的罢工工人有上千人，妥善安置工友们的工作和住宿就成了首要问题。为此，他组织了身体健壮的年轻工人，对广州市内的鸦片烟馆和赌馆进行了查封。正在烟馆抽大烟的烟鬼们看到一队人马戴着红袖章，雄赳赳气昂昂地向他们走来，早已吓得屁滚尿流，丢下烟枪就跑了，烟馆老板也是跪地求饶，要求罗登贤放他们一条活路。罗登贤跟他们说："上海发生了五卅惨案，香港工人对此声援罢工，现在只是为他们找一个住处，你们在国难之时，醉生梦死，发不义之财，今天借你们的房子一住，也是为了让你们良心发现。罢工结束时，我们撤走房子就还给你们。"早已被罗登贤的气势吓到的烟馆和赌馆的老板们连连点头，表示响应号召让出烟馆和赌馆。和罗登贤一起回到广州的罢工工人和家属的住宿得到了安排。

6 月 23 日，中华全国总工会和中共广东区委领导的数万名罢工工人和广州工农商学兵参加的"援助上海五卅惨案游行示威大会"在东校场举行，罗登贤也率领着参与罢工的香港机工联合会成员参加了大会。会后，数十万民众举行了声势浩大的游行示威。

在游行队伍中，罗登贤走在机工联合会队伍的前面，他不时地举起右臂，呼着口号，一次次掀起人潮和声浪。

游行队伍由惠爱路出发，转永汉路，出西堤直至西濠口。当浩浩荡荡的游行队伍路过沙面租界对岸的沙基时，英法帝国主义命令水兵巡捕在沙袋工事后面，瞄准游行人群用机关枪进行扫射，同时，江面上的军舰还打炮进行威吓，最后导致五十二名游行群众被当场打死，一百七十多人身负重伤，轻伤者更是无法统计。帝国主义反动派在上海、汉口、青岛施行的草菅人命的大屠杀，在广州再次发生。

在游行队伍里，罗登贤目睹了游行工人惨遭杀害的反动派暴行，激愤地朝参加游行的工人们说：“同志们，今天大家都看到了，帝国主义反动派就是这般野蛮地残害着我们，他们用机关枪扫射我们，用大炮吓唬我们，我们不能被他们这些惨无人道的血腥屠杀吓到，我们不能让弟兄们的血白流，我们要战斗到底，胜利一定是属于我们的。”

从这次血腥屠杀中，善于思考又对革命充满信心的罗登贤清楚地意识到，帝国主义反动派制造的血腥屠杀，其实是为劳苦大众敲响的觉醒的警钟。面对帝国主义的强权，所有的工友只有团结起来，和他们进行英勇的无畏的斗争，才能为以后美好的生活赢得一片曙光。

为了应对为声援五卅惨案而在广州发生的沙基大屠杀，6 月 26 日，中华全国总工会和中共广东区委在广东省教育会礼堂，召开了省港罢工工人第一次代表大会，勉励罢工工人在代表大会的领导下，将罢工坚持到底。

罗登贤参加了第一天的代表大会后，第二天，他作为大会代表来到太平西路西瓜园，参加邓中夏主持召开的省港罢工各工会代表大会。在这次会议上，讨论成立了“省港罢工委员会”，苏兆征当选为委员长，曾子严、何耀全、邓中夏、廖仲恺、杨匏安、黄平、汪精卫等被选为副委员长。7 月 3 日，在东园，“省港罢工委员会”正式成立，在下属机构的设置上，李启汉当选为干事局局长，苏兆征当选为财政委员会委员长，邓中夏当选为纠察委员会委员。

每参加一次会议，罗登贤都感到自己在工作上又有了一些提高。严密的组织，能保证工作的效率，也能保证革命的成果。他在苏兆征、杨殷、邓中夏等人的身上，看到了革命者的人生壮志，也看到了为革命牺牲一切的壮丽情怀。

在苏兆征的领导下，罗登贤和工友们的罢工，使香港经济遭到了重创，沉重打击了英帝国主义在香港的嚣张气焰，动摇了他们的反动统治。在当时，香港是世界上仅次于纽约的最大商埠，每年进出口货物价值约一亿五千万英镑，约合中国当时货币二十五亿两千万银元。而这次罢工，使香港的港务航运工业商务全部停摆，平均计算，罢工一天，损失七百万银元，罢工一个月，损失银元就达两亿一千万元。罢工造成香港殖民政府当年财政收支出现赤字五十八万英镑，所以，英帝国主义每天的经济损失就达一百八十多万银元。

后来，英国《邮报》在对这次罢工发表评论时说："1925 年香港工人的罢工，是英国尊严的堕落，它是中英通商以来的两百多年中，从未出现的事情。"

香港罢工工人蜂拥来到广州，使广州一时人满为患，一些矛盾也相继产生。

当时，从香港来广州的工会就有两百多个，有的同一行业里，就有两个甚至更多的工会组织。在基层工会中，工人们往往是靠行业或老乡聚集到一起，三五成群、各立一派在所难免，所以，有的封建把头以及黄色工会头目在担任领导职务后，利用职权贪污舞弊，胡作非为，把持工会，利用大家互不迁就的心理，搞派性、闹矛盾，影响工友间的团结和革命力量的统一。

香港工团总会车衣工会主席梁之光，当上招待部主任和纠察队队长后，就利用职权侵吞公款，甚至敲诈勒索，做了不少坏事。苏兆征和罗登贤他们发现这种情况后，对他进行了严肃的批评和斗争。可恶的是，梁之光面对错误，不但不承认，反而以威胁的伎俩要拉走他原来的工会，退出罢工委员会。其他一些利欲熏心的工会头目在串联后也跟着效仿。

面对工作中所碰到的困难，邓中夏、苏兆征充分依靠罢工工人代表大会的民主制度，请代表大会派人对梁之光的问题进行调查，查明他的大量罪行之后，便在代表大会上公开揭露出来。

这样一来，原属梁之光领导的许多工人代表和工会会员认清了他的真实面目，都异常愤慨，梁之光在工人群众中完全陷于孤立。后来，代表大会又对梁之光进行审判，并准备判处重刑，由于廖仲恺等人出面讲情，才免于办罪，但其领导职务均被撤销。对梁之光的处理也是对其他坏头头的警告。从此之后，谁也不敢公然违反代表大会和罢工委员会制定的法规和决议而胡作非为了。

对于这些事情的发生，中华全国总工会和中共广东区委都认为，对一些工会应该进行有效的组织和整合，以力避一些工会领导的胡作非为。对上级的指示，罗登贤在最短的时间内进行了传达，他召集了香港金属业工会和机工联合会干部，传达上级指示时语重心长地说："香港的船坞、电灯、铁业、修造铁轮船、电器等金属行业工人很多。我们金属业工人，不仅扼住了英帝国主义在香港的重要生产部门，而且在市政上也占有重要的地位。但是，金属业工人组织不好，成立了很多工会，力量不集中，较散漫，妨碍了我们工人间的团结。现在，中华全国总工会号召我们成立香港金属业总工会，我们要坚决响应号召，迅速组织起来。"

一年多的省港罢工过程中，罢工委员会碰到过来自英帝国主义、国民党右派、资产阶级和罢工工人队伍内部的工贼所制造的数不尽的困难。这些困难曾使很多人担心罢工斗争难以坚持下去。罗登贤面对困难，始终保持乐观的态度，对无产阶级革命事业的胜利充满着信心。他依靠广大群众，通过周密的调查研究，妥善地解决了各种困难，智勇双全的非凡领导才能得到大家的一致认可。

1926 年 4 月 6 日，在罗登贤的主持下，香港机工联合会发表了《为统一组织告金属业工友书》：

我们要打败我们的敌人——帝国主义、军阀、资本家以及工贼，必须使我们的力量集中组织坚固；我们欲改良我们的生活，增加工资，减少做工时间，改良待遇，也要我们的力量集中和组织坚固，如果不是这样，我们说打倒我们的敌人，改良我们的生活都是废话。

为了促进工会的团结，实现工会之间的大联盟，4月8日上午，罗登贤和罗珠、彭松福等人一起，召开了香港机器工人代表大会。发动所属十三个工会和华侨机器十科工会等团体捐款，作为筹备成立香港金属业总工会的资金。

在中共广东区委工委负责人冯菊波和周文雍等人的协助下，罗登贤领导全港金属业各工会实行统一行动，将各工会的代表名额分配下去，准备召开全港金属业代表会议。

4月10日，在国民党中央党部礼堂，香港金属业总工会第一次代表大会顺利召开，与会代表三百七十六人，还有一百多位来宾也参加了会议。

应罗登贤的邀请，中华全国总工会代委员长刘少奇、省港罢工委员会委员长苏兆征、省港罢工委员会顾问邓中夏、黄平以及李森、冯菊波等参加了会议。会上，邓中夏代表中华全国总工会向大会作了政治报告，指出了香港金属业总工会应该担当的三大责任。他说，香港金属业总工会成立之后，一是要做好内部团结与运输工人联盟，共谋香港工人联合；二是香港是国民革命的前线，大家一定要牢记自己的责任和使命；三是金属业总工会成立之后，要时时为本会工人的经济收入作斗争，以增加他们的福利。

邓中夏的讲话，得到了全体与会者的赞成。

会议结束时，罗登贤代表大会宣读了《香港金属业总工会第一次代表大会宣言》。在主席台上，罗登贤将瘦长的身躯前倾，将右手从头顶的方向倾斜劈下，坚定地说："我们如果要和我们的敌人作最后的决一死战的战斗，就一定要有集中起来的坚固的组织。只有在组织的坚强领导下，同心协力，我们才能克服困难，赢得最后的胜利。"

这次会议共开了五天。在会上，冯菊波代表中共广东区委作《经济斗争问题》报告，刘少奇代表中华全国总工会作《全国职工运动的报告》。会上，经过代表们的磋商和讨论，决定将香港金属业工会、香港机工联合会和机器十科即机工联合会、华人机器会、电车工会、巴士的士工会、船主司机工会、海陆理货文员工会等联合组成香港金属业总工会。会议期间，还通过了章程及组织问题、经济斗争和政治斗争等决议案，选举了罗珠、郭登、袁松、沈润生、彭松福、周颂年等十五人为执行委员，汤巨、梁方等五人为仲裁委员。

4 月 15 日，在仙湖工会办事处，召开了香港金属业总工会第一届执委会，会上，推选罗珠为委员长、郭登为副委员长，还聘请了邓中夏、冯菊波等人为顾问。

大会结束后，邓中夏主持召开了中华全国总工会和省港罢工委员会党团联席会议，在这次会议上，罗登贤被任命为香港金属业总工会的党团书记。一只在风雨中锻打着翅膀的鸥鸟，此时已经能在风暴来临时盘旋。其实，在罗登贤的心里，他追求的除了海面，还有蓝天。他希望自己能经得起风雨的锻打，成长为一只不惧电闪雷劈的雄鹰。

罗登贤在会上作了总结发言，他慷慨激昂地对代表们说："香港金属业总工会是在反对帝国主义的激烈战斗中成长起来的。它目前的任务是保障工人的职业，改善工人的生活。然而，它的中心任务是要打倒帝国主义，打倒帝国主义的走狗封建军阀。我们要巩固我们工人的组织，解除我们颈上的枷锁，争取将来完全的解放。"

罗登贤的讲话，是一个共产主义战士在反帝反封建斗争中向一切反动势力发起的冲锋。罗登贤知道，现在，他不是一个人在战斗，在党的领导下，过去，他跟着苏兆征、林伟民，跟着黄平、杨殷冲锋陷阵，现在，他要带领着金属业总工会的工友们去和反动势力进行斗争。满腔的豪情在他的胸怀里激荡着，就像涨起来的潮水，一浪高过一浪，呈现出汹涌的态势。

1926 年 5 月 1 日，春末夏初的广州花团锦簇，争奇斗艳的花朵把羊城点缀得分外美丽。

上午十点，在国民党中央党部礼堂，第三次全国劳动大会暨第二次农民代表大会联合举行的开幕式隆重举行。大会济济一堂，五百多名工人代表代表了四百多个工会和一百多万工人参加了会议。罗登贤也参加了大会，他还以香港金属业总工会的名义，发表了《拥护劳动大会宣言》。宣言指出，国内的罢工浪潮，已经越来越高，我们工人阶级的责任，也比以前要大上一百倍。第三次劳动大会的召开，必须对“五卅”奋斗的精神有承上启下的作用，接下来，比“五卅”更大的风暴也会接踵而来，这是我们工人阶级的解放运动，也是我们民族的解放运动。

这次会议，从5月1日一直开到了5月12日，于12日晚上八点钟胜利闭幕。

劳动大会刚刚结束，在5月14日召开的中华全国总工会第二届执行委员会第一次会议上，不仅选出了中华全国总工会委员长苏兆征和邓中夏、刘少奇、李立三、朱绍连、项英、陆沉等九个执行委员，还讨论了援助英国煤矿工人罢工以及和各地代表谈话等事项。

邓中夏在和罗登贤等代表座谈时说：“这次英国煤矿工人的罢工，对中国民族革命运动影响巨大，不仅仅中国的工人要起来声援，全国的民众也应该起来援助，一起起来推翻世界上的帝国主义，所以，我们应该切实地将这次声援活动组织好。”

听了邓中夏的讲话，罗登贤就好像心中的油灯被拨亮了，他为自己原先只顾及眼前的斗争格局而羞愧，也为现今被拓宽的视野而自豪。在革命的滚滚激流中，只有经过不断的摔打，才能不断进步。

散会之后，他便和罗珠一起主持召开了香港金属业总工会的执委会议。在会上，还发表了罗登贤起草的《援助英矿工大罢工宣言》，宣言指出：

全世界人类中，心性最险恶、压迫力最大者就是帝国主义。现在英国矿工们已毅然决然振奋起来举行罢工，向帝国主义发动进攻。我们应该以十二分精神来援助英矿工大罢工，并且还要以物质援助，这是我们中国民众目前应该做的重要革命工作。

登高而望，振臂而呼，罗登贤把忙碌的身影留在了为声援英国矿工的路上。此时，他把斗争的视野从国内延展到国际上。

1926 年 6 月 7 日，广州各界群众在广东大学广场举行援助英国矿工大会，罗登贤积极发动香港金属业工人参加，他跟工人说：“只有各国的工人都起来相互支持斗争，才能将帝国主义彻底打倒，我们的工人无产者才能获得解放。”

1926 年 6 月 19 日，罗登贤带领香港金属业工会的工人们参加了在东园举行的省港反帝国主义运动周年纪念大会，以纪念省港大罢工一周年。在罢工工人和广州各界群众五万多人参加的集会上，罗登贤以深刻的思考向参加集会的人们疾呼：“帝国主义屡次唆使其走狗及其反动派的种种谣言，企图破坏我们的革命的大好局面，对罢工进行破坏和干扰，这些阴谋最终将被我们一一揭穿。”

6 月 28 日，罗登贤邀请邓中夏参加香港金属业总工会的扩大会议，请中华全国总工会的领导对下属工会进行具体的指示。在会上，邓中夏作了《北伐的意义与我们工友的责任》的报告，他在报告中提出了组织罢工工人北伐运输队和宣传队的建议，得到了罗登贤和与会者的一致赞同。看到很多工人当场报名，场面热烈，罗登贤心里十分欣喜。他被这些真诚而坦荡的汉子们鼓舞着，也被他们炽烈而忘我的情怀感动着。

第二天下午，在罗登贤的邀请下，苏兆征和邓中夏一起出席金属业总工会干事会，向大家解释北伐的意义以及组织运输队和宣传队的重要性，还指示罗登贤，要他们派出三十个人组成的演讲团，分成十五个组向罢工工友宣讲北伐的意义。

从大罢工中成长起来的罗登贤，在艰苦环境的锻造中，一步一个脚印，在成长中赢得了领导和工友们的鼓励和支持。在斗争的历练中，他已不仅仅局限在领导海员和金属业总工会进行斗争，他的目光，已经延展到国内和国际的政治斗争，一个革命者的风范，在他青春而勃发的身影上，愈发显现了出来。

第四章
到斗争的激流里去

在香港金属业总工会中组织运输队和宣传队，将工人的斗志融入北伐革命斗争的激流中去，罗登贤在党的领导下，把组织发动工作做得严密而扎实。

其实，在这次会议之前，罗登贤就对国民政府的北伐原因进行了深入的研究。

通过学习和研究，罗登贤知道，尽管孙中山领导的辛亥革命以同旧势力妥协告终，但帝国主义在中国的势力并没有受到削弱，相反，一些革命果实却落到帝国主义及北洋军阀的手里，中国仍是半殖民地半封建社会，所以全中国人民的反帝反封建斗争变得更加迫切。他深刻地认识到，在上海五卅运动甚至省港大罢工等工人运动之后，中国革命的形势发展迅速，社会各阶层对帝国主义和北洋军阀的憎恨更加强烈，对持续十多年的军阀混战的黑暗局面更加痛恨，实现国家的独立和统一，成为中国百姓的共同心声。但此刻，广东革命根据地统一后，人们把越来越多的期待转向南方的广州国民政府，广州国民政府在全国的地位和影响持续增强，而北方各派军阀势力之间却不断冲突，使中国存在于军阀割据的危机之中。

作为一名共产党员，罗登贤为中国当下复杂的时局感到痛惜。帝国主义列强践踏着我们的国土，地方的军阀也为各自的利益相互残杀，罗登贤如鲠在喉，心痛不已。

7 月 9 日，国民政府成立了国民革命军，从广东起兵，开始北伐。在连克长沙、武汉、南京、上海等地以后，国民政府内部因对中国共产党的不同态度而一度分裂，汪精卫和蒋介石决裂，北伐陷于停顿。在他们达成共识之后，国民革命军继续北伐，并在西北的冯玉祥和山西的阎锡山加入下，于 1928 年攻克北平，致使北洋奉系的张作霖撤往东北并被日本人刺杀于皇姑屯，其子张学良宣布东北易帜。北伐战争结束，中国实现了形式上的统一。

7 月初，罗登贤把自己的重要工作定位在率领三十个人的演讲团，深入罢工工人的宿舍和其他一些工人经常聚集的场所，宣传援助北伐的重要意义，号召罢工工友为了国家的利益、民族的团结，踊跃参加运输队与宣传队。为此，罗登贤还发表了《为拥护国民政府北伐组织运输队事告工友》的文告，文告写道：

今天，我们用自己的行动，实现了拥护国民政府出师北伐的口号，我们要踊跃组织北伐运输队、宣传队，以表示我们是真正能够进行革命的罢工的工友，让帝国主义及其走狗——军阀，望风而逃。

罗登贤的话，让罢工工人深受鼓舞，从省港大罢工恶劣环境中走来的他们，在民族大义面前，也表现出勇敢和坚毅。

经过演讲团的深入宣传和积极发动，在罗登贤领导的金属业工会中，就有几百个工人报名参加运输队。有这么多人响应工会的动员和召唤，罗登贤也是异常激动。他跟工友们说："中华全国总工会领导知道我们有这么多人要参加运输队和宣传队，对大家的热情给予了高度赞扬，邓中夏还要亲自参加我们7月4日中午在太平戏院召开的工会第二次全体同仁大会。"

邓中夏顶着炎炎烈日准时到达会场时，工人们报以热烈掌声。罗登贤跟工友们说，邓中夏是我们工人们的领袖，也是全国总工会的领导，他在北大上学时，参与了五四运动，也为中国共产党的创建做了大量工作。他还介绍说，邓中夏渊博的知识和扎实的理论功底，使他成为共产党和工人运动中著名的理论家，他的讲话一定会让大家深受启发。

在这次会议上，邓中夏代表中华全国总工会作了政治报告，阐述了北伐的重要意义，同时号召罢工工友积极行动起来，参加和拥护国民革命军北伐。

邓中夏作完报告，会场响起了震耳欲聋的口号声，工人们振臂高呼着"拥护工会决定，积极支持北伐！""打倒军阀！""胜利属于革命军！"等口号，将会场汇成坚决拥护北伐、参与到北伐中去的革命的海洋。

罗登贤和金属业工会积极发动罢工工人参与北伐运输队和宣传队的做法，受到了中共广东区委和中华全国总工会的充分肯定，他们号召其他工会也和金属业工会一样，积极参与到北伐中来，组织运输队，对北伐进行切实的援助。

在这次号召罢工工人参与北伐的行动中，罗登贤深刻认识到组织和发动的重要性，从中也归纳总结了一些方法和经验。比如，在发动时，一定要把罢工工人的个人命运和这次斗争的实际意义紧密联系起来，跟他们讲深讲透，让他们明白如果不把军阀打败了，把国家统一起来，就会永远生活在战乱之中，再加上帝国主义资本家的压榨剥削，工人们就永远不得安宁。比如，用省港大罢工中团结起来和外国资本家斗争的方法，最后才能取得胜利。通过这些经验告诉大家，只要心往一处使，将分开的五指攥成拳头，就会赢得最后的胜利。

在磨砺中成长，在捶打中提高。罗登贤舍我其谁的斗争精神和细致入微的工作方法深得上级领导和工友们的认可。罗登贤知道，作为一名共产党员，就要时时刻刻为党和人民的利益着想，在困难面前要冲锋在前，身先士卒，以表率的作用来引导大家，才能让工友们心服口服，把想法落地，变成实实在在的行动。

为了表示对北伐革命军予以支持的决心，1926 年 7 月 30 日，罗登贤和香港金属业工会的执委们给中华全国总工会写了一封信，主动请缨参加北伐：

这次革命军出征，预料必会缴获敌人大批战利品。我们工友在罢工前，都在香港的各船坞、军械厂工作，修理枪械，经验丰富，我们可随军效劳。请求中华全国总工会代为请缨。

罗登贤写这封信时，内心充满着战斗的豪情。在他的脑海里，他和他的金属业工会的工友们一起出征，从长沙到武昌，穿过战场上弥漫的硝烟，一路上攻城拔寨，取得一个又一个胜利，缴获大批的武器。对在战场上损毁的武器，工友们利用自己的特长，进行及时的维修，让这批武器及时送到前线官兵们的手中，用强大的火力摧毁负隅顽抗的军阀，使革命军的旗帜高高飘扬在中国的土地上。

随着革命形势的发展，为了集中力量对革命军北伐进行支持，中共广东区委和中华全国总工会决定自动停止武装封锁香港。10 月 4 日，中华全国总工会与省港罢工委员会发表《停止封锁港澳布告》，宣布从 10 月 10 日零时起，取消封锁港澳，将驻广东各个地方的纠察队员全部集中到广州，进行军事训练，坚持了十六个月之久的省港罢工宣告结束。

对于省港大罢工，邓中夏在中共广东区委主办的《我们的生活》创刊号上，发表了《省港罢工问题》一文，在文章中他开宗明义地指出："省港罢工的历史，是中国革命势力与英帝国主义势力斗争的历史，同时也即是广东革命势力与一切反动势力斗争的历史。"邓中夏从国际和国内两个方面冷静而客观地分析了省港大罢工中无产阶级和帝国主义的较量，提出了改变罢工斗争策略、自动停止封锁香港、结束罢工等重大策略问题，强调："我们要保障变更策略的胜利，一定要使国民政府坚持反英帝国主义政策，实现开港建路及其他事业以安插罢工工友，一定要竭力扩大民众反帝国主义运动，积极帮助民众势力的发展。我们要使这个政策完全达到期望，一定要使民众完全了解并接受这个政策，并督促政府实行这个政策。"

读了邓中夏的文章，罗登贤心生波澜，这些话每一个字都钉在罗登贤的心里，这让他懂得，一个真正的革命队伍领导者，在做好眼前工作的同时，一定要站在高处，放眼长远。只有这样，革命才有前途，才有希望，才能取得成功。

国民革命军在北伐中一路凯歌，10 月 10 日攻克武昌，围攻了四十天的武汉三镇被北伐革命军占领，战斗共缴获火炮十八门、枪支近万件，只是北洋军阀首领吴佩孚见状移师河南信阳，才免生擒。消息传到广州，羊城各界欢欣鼓舞，为此举办了"广东各界庆祝北伐军攻克武昌大会"。罗登贤和工人们看着与会人员的笑脸，也是激动万分，他为北伐战争取得的胜利成果感动高兴，感到自豪。

国民革命军为什么能在北伐中不断取得胜利？罗登贤陷入了沉思。他总结了三个方面的原因：第一是革命统一战线的领导，第二是共产党员和共青团员的英勇无畏精神的带动，第三是各地农民和工人的大力支持。他认为，一场正义的战争，必须是积极的，是对国家、对民族、对人民有帮助的，只有这样，胜利的天平才会向正义的方向倾斜，胜利才能站在正义的一方。

正当全国人民为支援北伐而不惜牺牲的时候，有一些国民党右派，却借北伐战争之名搞起了倒行逆施的破坏。

1926 年 11 月 6 日下午三时许，罢工委员会的办公机关东园突然起火，滚滚浓烟直冲天空。那天正在召开罢工工人代表大会，罢工委员会的领导人和工作人员都去参加会议，东园没有人。当他们闻讯赶来救火时，东园的房屋已几乎全部烧毁，办公用具和文件资料也所剩无几。

面对这次火灾，工作人员十分痛心，工人群众也非常难过，因为这里本来是一片荒地，是罢工工人后来建起来的。更严重的是，一些品德败坏的投机分子乘机散布谣言，诬蔑兼任财政委员会主任的苏兆征经济上有问题，说他串通会计部人员焚烧东园毁灭罪证。

但罗登贤心似明镜，在他跟苏兆征的相处中，他知道自己的领导是一个光明磊落、公而忘私的人，对苏兆征正直坦荡的无产阶级革命者的襟怀，他充满着崇敬。

面对突发的情况，罗登贤在难受之中努力克制着自己的情感，他劝告大家不要难过，不要泄气，起火的原因一定会调查清楚，会计部账目也会被核查。他坚信，组织上不会放过一个坏人，也不会冤枉一个好人。

他看着被火焚烧一片狼藉的场景，他在心里说，正义的力量已经奔涌在我们的血管里，它是火烧不掉的，水冲不走的。

在罗登贤的心中，该捣毁的，一定要捣毁；该建立的，也一定要建立。一个革命者的革命原则，就是要在凶险之中体现非凡的勇气和能力。

当天晚上，在金属业总工会领导人罗珠和罗登贤的主持下，省港罢工委员会在仙湖街金属业总工会劳动童子团办事处，召开了各工会负责人会议，研究东园被毁的对策。会上，罗登贤痛斥了国民党右派的反动伎俩，决定组织金属业总工会的工人们把被焚毁的篱笆棚重新建起来。

不久，在被烧成灰烬的东园废墟上，在中华全国总工会和中共广东区委的主持下，一片高大明亮的临时房屋又建起来了。罢工委员会各部门恢复正常办公，查账委员会也查明会计部的账目问题，粉碎了敌人诬陷苏兆征的阴谋。罗登贤和大家的精神都振奋起来，悲观情绪一扫而光。

在斗争中得到历练的罗登贤，以果敢、坚毅、理性和包容得到组织的认可。作为一名共产主义战士，他早已在革命的道路上，把自己的青春和生命、智慧和追求、理想和担当献给他所追寻的壮丽事业。

为了适应革命形势发展的需要，1926 年冬，中共香港支部改组为中共香港市委，罗登贤当选为常委，负责领导工人运动。罗登贤，这个铜铸的名字，在中国工人运动的史册上，闪烁着耀眼的光茫。

1927 年 1 月 1 日，国民政府和国民党中央党部从广州迁至武汉。1 月 3 日，在汉口召开的中华全国总工会执行委员会议上，与会者一致认为，根据形势的发展，中华全国总工会继续驻在广州，已经不能满足革命的需要，全体机关应该北迁武汉。时局紧张，刻不容缓，仅仅用了一个多月的时间进行筹备，中华全国总工会便于 2 月 11 日迁至汉口歆生路义成里华杨旅馆进行办公，时间不长又搬到了汉口友谊街 16 号。

漫漫革命征途上，变幻的风云，锤打着罗登贤革命的意志。

中华全国总工会搬到武汉之后，在广州还设有广东办事处。

就在北伐战争取得一定进展的时候，4 月 12 日，北伐军总司令蒋介石在上海发动了反革命政变。一时间，中国黑云压城，令人喘不过气来。

1927 年 4 月 12 日，以蒋介石为首的国民党新右派在上海悍然发动了反对国民党左派和共产党的武装政变，大肆屠杀共产党员以及国民党左派和革命群众，使中国大革命受到严重的摧残。这次反革命政变，成为国民革命从胜利走向失败的转折点，同时也宣布了国共两党第一次合作的失败。

4 月 15 日，国民党反动派在广州也发动了反革命政变，政变军警兵分三路向粤汉铁路总工会、广三铁路总工会和广九铁路总工会发起进攻，对共产党人和工农领袖进行抓捕。反动军警还解除了黄埔军校和省港罢工委员会纠察队的武装，包围搜查了中华全国总工会广州办事处、省港罢工委员会、铁路工会、海员工会、农民协会、中山大学等两百多个机关、团体和学校，共逮捕了共产党员和革命群众等五千多人，其中有两千一百多人被杀害，李启汉、刘尔崧、何耀全、萧楚女、邓培、熊雄、熊锐、李森、毕磊等共产党员惨遭杀害。

政变当天，罗登贤正好住在仙湖街金属业工总工会的宿舍里。他听到由远而近的刺耳的汽笛声和咣当咣当的警铃声，心里立马警觉了起来。上海的大屠杀才过去三天，难道广州的国民党反动派也对国民党左派和共产党员下手了？他下意识里从屋子里拿起一个竹篮想假装去买菜，到街上探个究竟，不想刚刚离开屋子，正好和巡警碰了个对面。当时，罗登贤穿着黑色的对襟春衫，提了个篮子，像伙夫一般镇静自若地向街对面的菜场走去，所以并没有引起迎面而来的巡警的怀疑，顺利地从国民党大搜捕的险境中脱离。

此时，国民党左右两派以及国民党右派与共产党的斗争，已经是水火不容。4 月 18 日，蒋介石召集在南京的国民党中央政治局委员开会，并发表了《国民政府定都南京宣言》，在南京建立反革命的国民政府，公开与武汉的国民党中央和国民政府对抗，由此取代北洋军阀政府。而武汉的国民党中央也在当天发布了《免除蒋介石本兼各职令》，并宣布开除蒋介石党籍，按反革命罪条例惩治。

一波未去，一波又起，政治的绞杀，让血腥的气味弥散在中国的大地。4 月 19 日，以蒋介石为首的南京国民政府发布了“秘字第一号令”，通缉鲍罗廷、陈独秀、毛泽东、邓中夏、罗章龙、瞿秋白、谭平山、苏兆征、周恩来、李立三、罗亦农、蔡和森、张国焘、张太雷、邓演达、郭沫若、柳亚子等共产党领导人、国民党左派人士及著名活动家共一百九十七名。声称共产党窃据武汉，破坏国民革命，叛党叛国，罪大恶极，实行卖国外交以取悦帝国主义，迷惑人民群众，导致湖南和湖北两省处在恐怖之中；还说共产党图谋颠覆国民党，劣迹斑斑，根据中央监察委员会举报，致令国民革命军总司令蒋介石在最短的时间里平息叛乱。

面对国民党反动派的血腥镇压，4 月中旬，中共中央机关从上海搬到汉口，同时发出了《中国共产党为蒋介石屠杀革命民众宣言》，谴责蒋介石已经变成了国民革命公开的敌人、帝国主义的工具、谋杀革命者和人民群众的白色恐怖的罪魁祸首，并坚决拥护国民党中央委员会对蒋介石职务的罢免，开除其党籍。

此时，苏兆征也于 4 月 21 日发表了《致省港罢工委员会暨罢工工人的公开信》。信中说，各位工友为反对帝国主义而回到国内，做出了牺牲，全世界有目共睹，这是有利于国民革命的壮举，功绩灿然。现在听说广东遭遇不测，要求广州政治分会和省政府依照原先国民政府在广东时拟定的计划，将每天的伙食费按月发放到工人们的手里。

读到苏兆征的公开信，罗登贤对于自己的工作便更多了一份谨慎。在革命的腥风血雨中，罗登贤更多了一份机智。他跟工友们说："在革命的低潮时期，我们不能胆怯，更不能放弃对真理的追寻，但是，一个好的水手，不仅要能躲避暗礁，还要能够迎着风浪前行，方法和策略是我们革命者面对严峻形势应该考虑的问题。"

为了避免和国民党反动派的正面交锋，保存革命的有生力量，面对白色恐怖的高压态势，随后不久，省港罢工委员会、广州工人代表大会等革命团体都被迫转入地下，进行革命斗争。

安置好工友们的分散转移，罗登贤也机智地隐蔽到一位香港工友的家里，继续领导工人们进行无畏的斗争。

这一段时间，罗登贤白天就待在工友家里面看书看报，读《共产党宣言》，也读李大钊、陈独秀、苏兆征、邓中夏的文章；晚上，他就趁着夜色出门，将领口高高地竖起，对脸做一些遮挡，和工友们会面。

4月的广州，花是香的，风是柔的，景色祥和而美好。但罗登贤没有被羊城暮春的美景陶醉，他的心里一直被革命的志气鼓舞着，走在路上，一边想着和工友会见的场景，一边警觉地关注着街道上的动静。

在巷口，和王二锤见面时，罗登贤让他转告工友们，国民党右派就是一群人面兽心的坏蛋，他们对革命者进行大规模的屠杀，大家一定要加倍警惕，保护好自己，不能落到反动派的手里。

面对国民党反动派高高扬起的屠刀，作为革命者，就不能一味地隐忍，只有商量对策，主动出击，才能在隐蔽之时给他们有力的一击。

就在罗登贤从金属业协会躲过巡捕搜查不久，他就参加了由中共广东区委临时负责人穆青、杨殷、赖玉润、冯菊波、罗绮园、周文雍、吴毅等人秘密召开的紧急会议，商讨应对之策。

开会那天，广州正好下起了大雨，在雨中，开会的小屋低矮阴暗，哗哗的雨声也让会议充满了神秘感。

通过讨论，会议决定对各级党组织进行重新整顿，由以前很少露面而又忠实可靠、勇敢坚定的同志担任各级组织的负责人。同时，对机构和组织纪律进行进一步完善，并决定由周文雍负责与广州各级工会的联络，罗登贤负责与省港罢工委员会和香港各工会的联络。为保证联络过程中的安全，会议还决定建立联络接头机构，成立工人赤卫队秘密十人小组，准备武装抗击国民党反动派的血腥镇压，发动工人和一切反动派作巧妙的地下斗争。

虽然暴雨没有冲走会议的紧张气氛，但在晦暗的小屋里，参加会议的每一个人，却分明看到了光明。

参加完会议，罗登贤马上对省港罢工委员会的工作进行了布置，同时也对下属的各级党组织进行了有效的整顿，非常时期，只有采取非常的办法，才能将革命的火种保存下来，才能让保存下来的火种照亮广州，照亮香港，照亮中国的明天。

面对反动派的血雨腥风，4 月下旬，中共广东区委被迫迁往香港并改组为中共广东特委，代号“邝德福”。

4 月 22 日，在中共广东区委迁往香港之前，根据革命形势的需要，在广州成立了中共广州市委，由吴毅担任市委书记，周文雍担任工委书记，麦裕成担任组织部长，徐彬如担任宣传部长，罗登贤、李步高、何振武等担任市委委员。中共广州市委的成立，体现了中共广东区委面对复杂斗争时的谋略。广州不能没有党组织的领导，但中共广东区委和香港金属业总工会由于长期在广州开展工作，党的组织和党的中坚力量已经完全暴露，将在明处的党的组织转移到暗处，同时悄悄地成立一个新的党组织，既保持了党在广东的决定领导，也避免了因为暴露而对党造成的不必要的损失。

不妥协，不退让，罗登贤想，既然党把自己推到了革命的最前沿，就要为革命有所担当。

中共广州市委成立的第二天，罗登贤就和吴毅、周文雍一起，深入铁路、汽车、轮船、人力车、印刷和油业工人中间，发动他们进行反对“四一二”反革命政变的罢工。当时，有多名工人走上街头，手里举着“打倒蒋介石”“打倒反动派”等标语，嘴里喊着“打倒新军阀”“释放一切政治犯”等口号，一路上散发着传单，向人流多的地方走去。

罗登贤他们在组织工人罢工的同时，又发动了人力车工人组织的“剑仔队”、海员组织的“工人自救队”“义勇团”，以及仍未找到工作的省港罢工工人组织的“省港罢工工人维持队”等工人武装，总数达到四五千人，用以准备一旦国民政府打回广州时，做好他们的内应和策应。

就在斗争有序地开展的同时，4 月 27 日，中国共产党第五次全国代表大会在武昌都府堤 10 号武昌高等师范第一附属小学礼堂举行，陈独秀、苏兆征、蔡和森、瞿秋白、毛泽东、邓中夏等八十多人参加了开幕式。共产国际代表罗易、鲍罗廷、维金斯基，以及国民党代表谭延阎、徐谦、孙科也应邀出席了大会。当时，全国共产党员已经发展到5.79万人。大会开了近十二天，于5月9日结束。在第二天举行的五届一中全会上，瞿秋白、陈独秀、张国焘、蔡和森、李维汉、谭平山、李立三、周恩来等当选为中央政治局委员，陈独秀、张国焘、蔡和森当选为政治局常委。

在中共第五次全国代表大会召开期间，中国国民党中央执行委员会政治委员会还指定邓中夏、陈嘉佑、彭湃等人为广东分会的政治委员。

这一次次会议和一项项决定，就像汹涌的浪潮，对罗登贤的内心产生了巨大的撞击。怎么样才能在革命处于低潮的困难时期开展有效的工作，成为他思考的迫切需要解决的问题。

夜深人静时，罗登贤躺在床上，怎么也睡不着。二十多岁的青年，有的是革命的激情。他环着双臂，把手枕在头下，眼睛盯着天花板，脑海里像放电影一样把自己的革命经历过了一遍。省港大罢工已经两周年了，利用好两周年的纪念活动，将为处在沉闷中的革命现状注入活力。

他设想着在纪念活动时罢工工人汇集起来的宏大场景，人们在炎炎烈日下振臂高呼，呐喊着要砸烂一个旧世界，建立一个新世界。就这般想着，竟然是越想越兴奋，也不知什么时候才悄然地睡去。

6月19日，是省港大罢工两周年纪念日，又一场大罢工像罗登贤脑海中排演的程序一样，按时上演。两万多人聚集在东园前面的广场上，举行纪念大会，将反对帝国主义和国民党反动派的革命运动推向高潮。

在纪念大会上，罗登贤对工贼把持改组罢工委员会的罪行进行了有力批判，对国民党反动派血腥镇压革命运动进行了有力声讨。

罗登贤站上广场前面的一个高台上，激昂地对工友们说："工友同志们，尽管从省港大罢工第一天算起，到今天过去了两年的时间，但这两年，不算长也不算短，在这两年，我们也经历了太多的事情，经受了太多的考验。我们取得了罢工的最后胜利，也遭受了帝国主义无情的迫害和国民党反动派的血腥镇压。好在现在我们有中国共产党的英明领导，这让我们更团结，战斗也更有力……”

罗登贤的演讲，显然对参加集会的人是个巨大的鼓舞，在会场上，“保持罢工工人的一切权利！”“释放一切政治犯！”“履行 4 月 15 日以前工人和资本家所订的协约！”“打倒帝国主义走狗蒋介石！”“胜利属于我们！”等口号不绝于耳，响声震天。

就在罗登贤他们在东园举行集会的当天，第四次全国劳动大会在汉口中央俱乐部召开，蔡和森代表中国共产党出席会议并发表演讲，他说：“中国工人自二七罢工以来，工人革命的伟大力量，已完全表现出来了。现在反动派如蒋介石、杨森、夏斗寅、许克祥都摆在我们的眼前，他们无时不向我们进攻。……我们都说要打倒反动派，现在我们第四次代表大会开幕了，我们应该在这个大会中，整理我们的队伍，做打倒他们的准备。此外还有一点，我们天天喊打倒蒋介石，其实我们是要打倒他们资产阶级赖以生存的经济基础，我们要建设一个新的民主制度国家。”

第四次全国劳动大会于 6 月 29 日结束。在劳动大会召开期间，中共中央政治局常委召开紧急会议，讨论重新组建湖南省委问题，决定由工人运动领袖邓中夏接替蔡和森，出任中共中央秘书长。这项决定在 6 月 30 日在武昌召开的中央政治局扩大会议上获得了通过，会议还选举产生了陈独秀、张国焘、谭平山、蔡和森、邓中夏等新的政治局常委。

在广州，罗登贤一边关注着汉口那边会议的消息，一边有序地开展着工作。6 月 23 日，是“沙基惨案”两周年纪念日。一大早，当大红太阳高挂上天空，省港罢工工人和广州工人代表大会特别委员会属下的三万多工人涌上街头，参加纪念集会。黑压压的人群，像一颗炸弹，随时都可能被引爆。

19 日的集会刚刚结束，仅仅过去五天，新的集会重又到来，这分明是“四一二”血腥屠杀后转入地下压抑已久的革命热情的一种爆发。一声被压低了声响的沉闷的滚雷过后，必然是划破云天的闪电，紧接着暴风雨一定会如约而至。

汇集起来的如潮人流着实把国民党反动派吓坏了，他们立即调派了大批军警，对集会会场进行包围。在危急关头，罗登贤和周文雍临危不惧，立即指挥工人们突围。面对突围过来的人群，恼羞成怒的军警挥舞着大棒在罢工工人中挥舞，当场就逮捕了四个工人。集会会场一片狼藉。

晚上，昏黄路灯下，晃动着的鬼魅一般的军警又对五十多个工会以及省港罢工工人的宿舍进行了搜查，当场逮捕了两百多个参加罢工的工人，对革命行动进行镇压。

在白色恐怖下，罗登贤就像海边巍然矗立着的礁石，无论是风吹雨打，无论是浪涛冲击，他都无畏无惧，表现出了一个共产主义战士对党的忠诚。

第五章
新的召唤，新的战斗

7 月是盛夏，是暴风雨多发的季节，在电闪雷鸣中，总是一场风暴刚去，另一场风暴又来。

就在罗登贤领导香港金属业总工会和广州的工人进行罢工游行，克服艰难险阻，把斗争推向深入的时候，波谲云诡的中国时局，在革命者追求真理的脚步前，又呈现出波澜壮阔的情景。

为了适应新的斗争形势的需要，为了挽救中国革命，7 月 12 日，中共中央根据共产国际的指示在汉口召开临时中央政治局会议，对中央常委进行改组，决定陈独秀等人离开党中央领导岗位，由张国焘、周恩来、张太雷、李维汉、李立三等五人组成中央常委会，负责领导全党工作。

这时，罗登贤根据中共广东特委指示，从广州来到香港。

从码头下船后，罗登贤戴着墨镜，手拎皮箱，匆匆坐上早已等候在那里的黄包车。他这次回香港，肩负着安置大革命失败后从广州转移到香港的罢工工人工作和生活的使命。这次回港，是公开的也是秘密的，因为他要在这期间，多次往返港穗，对香港和广州两地的革命信息进行收集整理，以便及时向广东特委进行汇报。

“四一二”白色恐怖还未解除，新的乌云又密布在中国的上空。7月15日，汪精卫在武汉召开“分共”会议，公开背叛革命，正式宣布和共产党决裂，并发出《通缉共产党首要令》，苏兆征、张太雷、瞿秋白、邓中夏等共产党领导人都在通缉之列。从此，武汉政府控制下的地区也和蒋介石控制下的地区一样，大批共产党员和革命群众遭到逮捕和屠杀。

听到这样的消息，罗登贤的心中更加充满了战斗的豪情。一个革命的战士，就是要不怕刀枪，不惧死亡，哪怕有一天为革命献出了自己的生命，像流星一般瞬然而逝，也要让自己短暂而璀璨的年华，照亮信仰，照亮生命。

面对时局的突然变化，中共临时中央常委会立即发表对政局的宣言，公开谴责武汉国民党中央和国民政府限制工农运动，对摧残工农运动的反革命进攻助纣为虐，同时宣布撤回参加国民党的所有共产党员，并声明中国共产党将和进步的国民党内的革命分子继续合作。

7月19日，中共中央政治局召开常委扩大会议，会议决定了土地革命和民众武装革命的新政策，并指派邓中夏和李立三到九江去，对那里进行实地考察。

7月20日，轮船从武汉抵达九江，在海关的一间房间里，邓中夏、李立三和叶挺、聂荣臻、林伯渠一起开会，对当前形势进行了认真分析。会议认为，在7月15日汪精卫叛变革命之后，张发奎的态度已经表现出犹豫和右倾，依靠张发奎这支部队去广东进行发展已经没有可能，共产党必须要将自己的武装力量集中起来，进行独立的军事行动，赶快赶往南昌，让叶挺联合贺龙率领的二十军，与共产党的武装力量一致，实行南昌暴动，解决三、六、九军在南昌的武装，同时在政治上反对武汉、南京等两个政府，建立新的政府。

晚上，在庐山牯岭仙岩，瞿秋白、李维汉、林伯渠、邓中夏、李立三、彭湃、叶挺、聂荣臻、谭平山、郭亮等人召开了第一次庐山会议。会上决定了在南昌举行起义，并对具体计划、领导机构、行动日期及办法做出了决定。

这时，中共中央委员、武汉中央军事政治学校负责人恽代英也来到了九江，参与南昌暴动的领导和指挥。

7 月 24 日，恽代英、邓中夏、李立三、谭平山四人在九江又召开第二次会议。 在这次会议上，决定组织中国国民党革命委员会，以此为政权、党权、军权的最高机关，以反对蒋介石和汪精卫的宁汉政府中央党部，继承国民党正统，没收大地主土地，实行劳动保护法作为暴动之目的。 会议还决定，贺龙和叶挺的部队于 7 月 28 日集结南昌，同时将决定报告中共中央。

中共临时中央常委接到报告，第二天就在汉口召开会议，同意在南昌举行暴动的建议，并决定组织前敌委员会，由周恩来任前委书记，指导前敌方面的工作。

8 月 1 日凌晨两点，在南昌市洗马池江西大旅行社一栋五层楼的灰色建筑前，一颗信号弹腾空而起，划破南昌城静寂而黑暗的夜空，南昌起义终于在周恩来、朱德、贺龙、叶挺、李立三等人的领导下爆发，打响了中国共产党反抗国民党反动派的第一枪，开创了中国革命的新纪元。

南昌起义的消息传到香港，罗登贤和工友们为这熊熊燃烧起来的火焰激动着，他们希望这燃烧起来的火焰能够迅速照亮广东、照亮香港，让中国的红色革命以磅礴的气势席卷全国。

在香港，罗登贤跟工友们说："这是共产党领导的革命武装打响的反抗国民党当权派的第一枪，你们看着好了，像这样的斗争仅仅是开始，将来我们还要建立自己的武装，建立自己的军队，到那时，我们也要参加到革命的军队中去，成为革命军中的一员，为我们天下劳动大众，为我们明天美好的生活，和国民党反动派进行英勇的斗争。"

慷慨激昂的罗登贤完全被战斗的火焰点燃了，在他的眼前，是弥漫着的战场的硝烟。此时，仿佛他正右手握着驳壳枪，左臂的臂膀上扎着白色的布巾，胸前扎着红色的领巾，指挥着他的工友们冲锋。

周恩来、朱德、贺龙、叶挺、刘伯承等指挥各路起义军占领了南昌城后，敌人以重兵进攻南昌，中共前委根据中共中央的预定计划，令起义部队于8月3日至6日先后撤离南昌。

面对革命遭遇的挫折，罗登贤没有丧失信心。他知道，共产党是在磨难中成长壮大起来的党，在苦难前面，它会变得愈发坚强。

就在党和革命遭遇严重打击的生死存亡的危重时刻，中共中央于8月7日召开政治局会议，会议总结了南昌起义失败的教训，批评了以陈独秀为代表的右倾机会主义路线，对毛泽东提出的武装夺取政权的观点给予了肯定和支持。会议还选出了以瞿秋白为总书记的中央临时政治局。

"八七"会议召开的消息传到香港之后，罗登贤夜不能寐，他对会议的决定进行了深入的领会和理解。在如豆的油灯下，他的心中升起一轮太阳。他清楚地理解到，党所领导的武装斗争，在今后，不可能仅仅局限在城市、工厂、工人和军队之间，还应该利用广阔的农村，在农民中建立自己的武装，在农村领导武装暴动。想到这里，他轻轻拨了一下油灯的灯捻，油灯一下子亮了起来。他肯定地默语着："对，这一定是中国革命的出路。"

中央政治局委员张太雷参加完"八七"会议后受党指派，从武汉来到香港传达"八七"会议精神以及中央常委对广东工作的指示。8月20日，由张太雷主持的中共广东特委会议如期召开。罗登贤代表中共广东特委汇报了广州敌我双方的实际现状。在会议通过的《拥护中央紧急会议之决定》中，中共广东区委作了表态性陈述："广东省委完全拥护国际的决议及紧急会议所定之政策，并努力使同志普遍了解及立即在实际上实现之。"

在会上，参加会议的人结合南昌起义对革命带来的影响也制定了广东暴动的计划、口号以及《关于暴动后各县市工作大纲（决议案）》等文件，积极准备组织武装暴动，配合南昌起义大军夺取广东，建立工农民主政权，武装反抗国民党反动派的血腥屠杀；还决定，组织广州、西江、北江暴动委员会，积极开展武装暴动的发动组织工作。

这次会议还有一项重要议程，就是根据中央决定，将中共广东特委改组成中共广东省委，由张太雷任书记，会议还选举出省委委员十三人，候补委员七人。广东工人和农民运动领袖阮啸仙、杨殷、陈郁、周文雍、罗登贤、李源等当选为省委委员和候补委员。从一名船厂的学徒到一名为革命事业立志献身的优秀战士，罗登贤在残酷斗争中所呈现的，分明是铁血情怀和不竭斗志。

会后，根据省委指示，罗登贤、李源、陈郁回到广州，开展暴动的发动和准备工作。对于他们来说，有未竟的革命事业等着自己去完成，他们的心总是狂跳不已。

在"八七"会议上，有一项重要决定，就是派毛泽东去湖南改组中共湖南省委和领导秋收起义。中国的革命不能仅仅依靠工人，革命的地点也不能仅仅停留在城市，到中国更广阔的农村去，在农民中播撒革命的种子，这革命的星火，一定会在中国大地燎原。

参加完"八七"会议，毛泽东就以中央特派员的身份回到湖南。

9月9日，湘赣边界秋收起义爆发，原国民革命军第四集团军第二方面军总指挥部警卫团和湖南平江及浏阳的农军、鄂南崇阳和通城的部分农民武装、安源煤矿的工人武装等约五千人，分别从修水、安源、铜鼓等地出发，向长沙进击，先后占领醴陵、浏阳县城和平江的龙门厂、浏阳的白沙、东门市等地，由于当时革命形势已处于低潮，敌强我弱，加上群众缺乏作战经验，起义军某些指挥员指挥失当，以及新收编的第四团在战斗中又临阵叛变，致使起义军受到严重挫折。

9月中旬，毛泽东在浏阳东乡上坪和文家市两次召开了前敌委员会会议，对攻打长沙的计划进行修正，决定起义军撤离湘东地区，进入江西，沿罗霄山脉南移，以保存革命火种。10月，部队到达罗霄山脉中段的井冈山地区，中国第一个农村革命根据地由此创建。

面对南昌起义军在潮州和汕头的失败，10月15日，广东省委书记张太雷在香港主持召开了南方局和广东省委的联席会议，对南昌起义军在潮州、汕头战斗中的失败进行总结，以迎接后面的新的战斗。阮啸仙、杨殷、罗登贤、李源、陈郁、黄锦辉、黄谦、赵自选、恽代英、沈宝同、彭湃、穆青、吴毅、李秋实以及共产国际的代表参加了会议。

会场庄严而寂静，张太雷在会上作了《八一起义之经过，失败原因及其教训》的报告。

听完报告，罗登贤和与会者一样，对革命前途所遭遇的困难处境非常痛心。大家心里清楚，犹疑和彷徨不是革命者的选项，但对革命征途上出现的问题，一定要找出原因，吸取教训。

会上还通过了《最近工作纲领》，《纲领》在分析广东革命形势后，着重强调："广东各地革命运动仍是高潮，暴动计划应该继续实施。现在的暴动不应该停止而应努力扩大。"《纲领》还决定将全省"工农讨逆军"更改为"工农革命军"，废除青天白日旗，改用鲜艳的红旗，在红旗上以斧头和镰刀代表工农武装，扩大工农革命成果，建立红色政权。

《纲领》对于罗登贤和与会者来说，无疑是一针强心剂，它明晰地为处在低潮中的革命注入了活力。一个革命者，在革命斗争中所应该表现出来的气节，就应该是大雪压青松，宁折不弯；而高高飘扬起来的旗帜，则红得像血，让所有革命者要用生命来捍卫。

这次会议，还对广东省委进行了改选，选出了张太雷、杨殷、阮啸仙、恽代英、罗登贤、陈权、陈郁、黄谦、贺昌、黄镰辉、王强亚、黄平等二十五人为省委委员，还有黄学增、张善鸣、杨善集、吴毅、沈青、杨石魂、周文雍、周其鉴等十一人为省委候补委员。能担任省委委员，罗登贤感受到肩上担当的重任。

会后，根据省委指示，罗登贤对省港罢工工人和广州工人代表大会下属的工人进行秘密发动，着手准备10月23日的游行示威。

就在罗登贤秘密开展活动的时候，风声却已经传到军阀张发奎的耳朵里。张发奎在北伐军班师武昌时升任国民革命军第二方面军总指挥，在7月15日汪精卫叛变革命，宁汉合流实行清共时，由于其部下有不少人是共产党员，且多为骨干，所以并不热心反共，反而接纳了郭沫若、贺龙、张云逸、叶剑英等一批共产党员到二方面军任职。南昌起义后，张发奎采纳了叶剑英的意见，没有对叶挺和贺龙进行追击，而命令第四军南下广东，与李济深争夺地盘。9月下旬，第四军进入广东境内。但后来由于张发奎效忠汪精卫，还是对一切革命的行动实行了镇压。

10月19日，乾坤朗朗，但身着灰色军装的国民党反动武装执行张发奎的命令，对准备参加游行的工人进行抓捕。他们肩上挎着长枪，一个班为一个分队，蝗虫一般穿梭在大街小巷。在罢工工人宿舍，他们抓捕了四十五个海员，还有三十个省港罢工工人也被带走。同时，他们还加派了大批军警不分白天和黑夜进行巡逻，在报纸上也登出了禁止罢工和游行的告示，宣称一经发现，马上逮捕。

面对反动派的镇压和恐吓，罗登贤、周文雍在广州市委书记吴毅的领导下，根据外部环境的变化，决定制定新的斗争策略，并报请中共广东省委批准。具体方案就是把23日白天的大规模游行示威，改为晚上分散式的突击示威，将参加游行示威的工人编成一百多个小组，每小组十人，遍布全城，分头行动。

在夜幕中，一张由罢工工人编织的革命的无畏的大网，在羊城悄然撒开。

凌晨两点，从黑色的屋子里，从静寂的巷口，从大树的浓荫下，从珠江的河堤上，游行的队伍如从天而降，一下子布满了广州的大街小巷，他们手执小旗，喊着口号，一边散发着传单，一边张贴着标语，各个小组在街头巷尾照面时，大家还打个招呼。在这样的氛围里，每个人的情绪都是激昂的。

罗登贤和周文雍、吴毅也在这游行的队伍里，他们被罢工工人的真诚和坦率感动着，同时还观察着四周的动静，以防反动分子的破坏和军警的抓捕。

对于如此庞大的深夜游行，反动军警始料未及，他们在睡梦中被口号声惊醒，只好迷迷糊糊地从睡梦中爬起来，赶到大街上对游行工人进行抓捕。由于是分散式的游行，在夜幕的掩护下，待到反动军警来到街头，游行的工人一哄而散，瞬间没有了踪迹。

这次游行，让罗登贤明白，在复杂的斗争中，除了要有坚定的党性和不怕牺牲的精神，还要有艺术性和灵活性。每一次的斗争都要根据其实际情况，采取适当策略。现在的斗争形势是敌强我弱，但敌人在明处，我们在暗处，我们只要方法得当措施得力，就能战胜困难赢得胜利，就能在困难中开创一个新的局面。

为了帮助张发奎在广东巩固好新夺得的地盘，武汉国民政府负责人、国民党反动派汪精卫、陈公博等，10 月底相继来到广州。在广州，他们把自己乔装打扮成左派，高喊“树立民主势力”“实现民主政府”等口号，企图笼络人心。

看到汪精卫小丑一般的表演，罗登贤厌恶至极，他想，以汪精卫为首的国民党武汉政府对革命的镇压，已经给革命造成了巨大损失，现在还用花言巧语来哄骗广州人民，对这样的反动伎俩，决不能让他们得逞。

为了戳穿汪精卫、陈公博的反革命阴谋，11 月 1 日下午两点多钟，罗登贤和周文雍等人根据广东省委指示，组织发动在 4 月 15 日广州反革命政变后，被国民党反动派驱逐的失业铁路工人以及芳村巧明火柴厂、黄沙火柴厂的失业工人共三千多人，浩浩荡荡来到东山百子横路葵园汪精卫的公馆前举行请愿。

罗登贤和周文雍走在队伍的最前面，他们和另外八位工人代表一起面见了汪精卫。

汪精卫假惺惺地把罗登贤他们让进了公馆，问他们对革命有什么要求，罗登贤理直气壮地对汪精卫说："我们的政府应该是人民的政府，人民的政府就应该站在人民的一边，替人民谋福利，而不应该在党派之争中伤及无辜的群众。"接着，罗登贤又向汪精卫提出了五条要求：

1. 反对火柴厂开除工人；
2. 增加工人的工资；
3. 恢复失业工人的职业；
4. 释放一切政治犯及"四一五"后被捕的革命群众；
5. 给人民以言论、集会、结社自由等政治权利。

对罗登贤代表工人提出的要求，狡猾而又虚伪的汪精卫色厉内荏地以奸诈的口吻对罗登贤等工友们说："这件事是政府的特权，政府自然会根据情况进行处置，我个人不能负责。"

谈判没有取得预期的效果。走出葵园，罗登贤和周文雍向示威工友通报了谈判情况，听到这个结果，工人们更是激愤无比，他们高喊着"打倒汪精卫！""拥护中国共产党！""加入中国共产党！"等口号，声浪一浪高过一浪，让汪精卫龟缩在葵园里不敢出来。

滚雷在天边已经炸开了，预示着一场新的风暴即将来临。

离开葵园，罗登贤和周文雍决定，举行更大规模的游行，声索工人们的权利。

第二天，浩浩荡荡的游行队伍沿着百子路和惠爱街向葵园行进，周文雍擎着写有"广州工人代表大会特别委员会"的大红旗帜走在队伍的最前面，一路上，游行的人们高喊着口号，声音像低沉的雷声，震动着羊城的每一寸土地。

看着秋阳下这黑压压的人群，汪精卫被这样的阵势惊呆了，表面的镇静，掩饰不了心里的恐惧。

当示威人群离开葵园后，汪精卫慌忙打电话给广州市公安局，要求他们迅速派军警前来镇压。当游行队伍走到惠爱街和文德路的交叉路口时，一辆满载着军警的警车正好迎面赶来，警车刚刚停稳，反动军警就跳下车，挥舞着警棍向手无寸铁的游行人群冲来。

面对来势汹汹的反动军警，工人们没有退缩，他们赤手空拳地和反动军警进行着英勇的搏斗，结果有二十多名工人当场被捕。周文雍也被几个军警押上了警车，游行遭遇打击。

汪精卫对示威工人的镇压，彻底撕毁了他们以革命者自居的外衣，一张真实的反革命面目，在中国历史上，也愈来愈清晰。

周文雍被捕之后，罗登贤、陈郁以及沈青、李源、吴毅、陈铁军和洋务工人陈晓燕等人都积极地开展营救。一次，利用探监的机会，把一包鸡心辣椒送到周文雍手中，并通知他立即吃下。

周文雍知道组织上在竭力营救自己。他吃下这包鸡心辣椒后，马上面红耳赤，口腔红肿，体温也急速升高，他马上报告，要求立即把他送到医院进行检查。广州市公安局开办的监狱医院在教育路上，守备明显比监狱松了很多。不久，沈青、李源、庞子谦等人巧妙利用徐惠东开车到监狱办事的机会，巧妙地骗过九曜坊的敌人，把周文雍营救了出来。

周文雍重获自由后，和罗登贤一起，在中共广东省委的领导下，开始了新的战斗。

第六章
冒着敌人的炮火前进

1927 年 11 月 17 日，驻防广州的张发奎、黄琪翔发动广州政变，拥护汪精卫反对南京特别委员会，驱逐黄绍竑桂系部队，粤桂战争由此爆发。

就在同一天，临时中共中央政治局召开常委会议，讨论广东和北方的工作问题，还通过了《对广东工作计划决议案》，要求广东省委从速组织武装暴动，建立工农兵苏维埃政权。

对中央的决定，广东省委的同志表现出极大的热情。罗登贤、沈青、李源、吴毅等人利用已经凸显的统治阶级矛盾，对混乱的时局进行了客观的研判。军阀间的残杀和争夺，正是开展工人运动的最好机会。

11 月 18 日，在广州东校场，聚集着上万人的省港罢工工人和广州工人，在盛大的集会上，通过了“工农暴动起来，推翻国民党统治，建立工农兵革命政府”，“恢复广州工人代表大会领导，打倒工贼改组委员会，夺回各工会，用直接行动争回各工会原有的利益条件”，“拥护省港罢工，反抗国民政府勾结香港英帝国主义解散罢工”，“维持饭堂、宿舍，切实保障工友职业，津贴一律发现金”，“释放 4 月 15 日后逮捕的一切政治犯”，“武装工农，恢复工人自卫队”等一系列决议。罗登贤对参加集会的工友们说：“这些决议，让我们在今后的斗争中更加有的放矢，我们要为我们的权益而战，我们更要为我们的明天而战，当我们有我们自己的自卫队，有我们自己的工农武装，革命才能从黑暗中走向光明，我们的未来才会更加美好。”

集会之后，罗登贤和杨殷、周文雍等其他省委委员，带领着工人进行了声势浩大的游行。一路上，他们高呼着“打倒摧毁工农的军阀”“工农兵万岁”“打倒一切反动派”等口号，率领游行队伍来到越秀路上的惠州会馆，强行收回了被工贼改组委员会霸占的原广州工人代表大会的驻地。

面对像浪潮一般汹涌而至的工人，反动军警只好开枪射击，企图阻止工人们的行动。但此刻，罗登贤率领工人冲上前去，和敌人进行了英勇的搏斗，将两个工贼改组委员会的反动分子当场打死，双方打成一团。后来，增援而来的反动军队将惠州会馆铁桶一般围住，和广州公安局派来的军警一起对工人进行了围攻，结果三名工人被枪杀牺牲，二十多名工人被逮捕。被逮捕的工人，大都是和罗登贤一起战斗的香港金属业总工会的工友。

哪里有镇压，哪里就有更加坚决的斗争。11 月 23 日，瑟瑟秋风没有阻挡住罗登贤和工人们示威抗议的脚步。在广州第一公园前的广场上，罗登贤率领香港金属业工人三百多人，抗议张发奎逮捕罢工工人以及阴谋策划驱逐罢工工人的反革命罪行。罗登贤和工人们刚到会场，反动军警便鹰隼一般来到广场，他们挥舞着警棍，朝集会工人的头上打去，一时间有几个工人都受伤倒地，一滴滴鲜血洇红了广场。反动军警一边对集会工友进行驱离，一边对他们实施抓捕，结果，在这次示威斗争中，又有二十五名工友被军警押上警车。

对这次冒进的斗争，罗登贤深感痛心。他为工友们被逮捕感到深深地自责，也为这次草率的组织行动懊悔不已。一场大的集会刚刚遭受重创，还未来得及休整和总结，就又组织工友走上街头，使革命力量遭受损失。他在心里默默地说，革命仅靠一腔热情是远远不够的，在热情的驱使下，人会失去理智，斗争就会失去方向。作为一个革命者，在每一次斗争中，只有以理智之心和智慧之法来应对突发情况，才能赢得胜利。

香港金属业总工会的工人集会遭遇挫折，中共广东省委书记张太雷深感痛心，他立刻从香港赶到了广州，并于 11 月 26 日秘密召开省委常委扩大会议，传达和贯彻中央关于发动广州暴动的决定。

在会上，当罗登贤听到要举行广州暴动，拳头一下子就紧攥了起来，呼吸也感到短促。从南昌起义到秋收起义，他感到广州起义还是来得太晚。广州的革命如火如荼，广州理应以一场暴风雨般的战斗，成就这座城市的荣光。

会议一致通过了中央的决定，大家摩拳擦掌，都表示在暴动中要冲在最前面。会议决定，要利用好桂粤战争爆发的大好机遇，乘粤军主力调往西江前线，市区兵力空虚的间隙，立即发动广州暴动，夺取政权。

在张太雷的主持下，这次会议还对近期工作进行了比较详细的部署。会议要求在暴动起义前，应加紧筹备工人总同盟罢工，和起义进行联动。要积极将工人赤卫队组织起来，必要时好投入战斗。另外，要加紧对张发奎军队内部的策反工作，从内部形成突破。还要发动市郊农民暴动，以分散敌人的注意力。同时要求海陆丰起义军向广州方向转移，形成战斗的合力。

参加完会议，罗登贤感到时间紧迫，他立即深入工友之中，对暴动起义进行周密的组织和发动。大战前紧张的气氛几乎令人窒息。

与此同时，汪精卫和张发奎也开始对省港罢工工人实施封闭、隔离和瓦解。因为通过一段时间的斗争，汪精卫和张发奎发现，这些罢工工人的示威游行，就像潮水，压制下去之后，不几天又会再来。对待这样有组织的行动，最好的办法是封闭和隔离。他们认为，关在笼子里的野兽没有施展拳脚的机会，分散开来的五指形成不了拳头。硬的不行，就来阴的。于是，他们根本不关心罢工工人是否找到了工作，用欺骗的手段，每人发放九十元大洋作为路费，将他们遣返老家。对不肯离开广州的工人，实施了强制性的封闭和隔离，把罢工工人宿舍和食堂的门全部堵上，不让大家有吃和住的地方。

对工人们在革命中遭遇到的困难，罗登贤和省委的其他同志分头来到大家的身边，给大家鼓气。罗登贤跟大家说："我们决不能被敌人气势汹汹的反动气焰吓到，要和他们作坚决的斗争。黎明前的黑暗是暂时的，天马上就要亮了，曙光就在前面。"

晚上，罗登贤组织了几个无家可归的罢工工人，焚火烧毁了被反动军警封闭了的宿舍，冲天的火光是对国民党发动派暴行的抗议，也表达了革命者斗争到底的决心。

看到衣衫褴褛流落街头的罢工工人，罗登贤的心里十分难过，他坚定地跟工友们说："在省港大罢工中，我们曾英勇地和帝国主义、封建军阀作过不懈的斗争，建立了丰功伟绩，受到人们的赞扬。但是，现在你们还未找到工作，国民党反动派就把你们赶出宿舍，封闭饭堂，无处为家。所以，大家一定要团结起来参加武装暴动，推翻这个血腥的反动政权，我们才能有好日子过。我们一定要发扬省港大罢工的精神，将反动派打倒，把属于我们的红色苏维埃政权建立起来。"

根据会议部署和分工，广州暴动的准备工作也在紧锣密鼓地展开。

罗登贤和周文雍一起，对分散在广州各行业工会中的秘密武装组织进行了整编和合并，以便在起义中形成战斗力。于是，省港罢工工人利益维持队、工人自救队、剑仔队以及海员义勇团等，被改编为由省委统一领导的工人赤卫队，同时，还号召那些无家可归的罢工工人参加到工人赤卫队中来。这些被组织起来的赤卫队员，包括海员、汽车、手车、铁路、建筑、五金、运输、市政、火柴、裁缝、店员等众多行业的工人，其中，参加过省港罢工的队伍最为庞大，战斗力也最强。

11 月 28 日，广东省委又召开紧急会议，传达中共中央指示，决定成立革命军事委员会，由省委书记张太雷任总指挥，以教导团和工人赤卫队为骨干，在广州发动武装暴动。这一天，还以广东省委名义发表了《号召暴动宣言》，宣言写道：“决战的时刻到了。”号召广州的工人、农民和参加革命的军人团结起来，变军阀战争为革命胜利的战争，夺取政权，为建立广州苏维埃而战斗。

经过近十天的紧张筹备，12 月 7 日，广州起义总指挥张太雷在广州白鹅潭一条小小的邮政船上，以中共广东省委的名义，秘密召开了由各工会代表和工人赤卫队骨干参加的会议，会上，对即将到来的起义进行了思想动员，对有关问题进行了部署。

在会上，罗登贤屏住呼吸，聆听着张太雷的指示，即将到来的战斗的弦，已经将他绷紧。

为了对工人赤卫队实行统一领导，会议决定，把广州市内的三千多名赤卫队员按照不同行业编成七个联队，各个联队下辖若干大队，大队下面再设中队，中队下面再设小队。联队设联队长、参谋长、指导员、政治主任，大队设大队长、党代表等职务。一层一级，建制明确。

此外，还专门设立了由汽车司机组成的独立汽车队，让这支队伍担负起义时的交通连接、城市破坏及传递消息的特别任务。

为加强对工人赤卫队的领导，广东省委决定，由省委委员、广州市委工委书记周文雍担任工人赤卫队总指挥，由中共广东区委监委副书记、中共香港地委书记梁桂华担任副总指挥。省委委员杨殷、陈郁、李源、沈青、罗登贤、王强亚、邓发、黄谦也在赤卫队中担任不同的领导职务。罗登贤兼任第一联队队长。

为了和反动派进行针锋相对的战斗，赤卫队还秘密成立了一个兵工厂，赶制了一批手榴弹、炸弹以及梭镖等武器，准备和敌人进行你死我活的战斗。

广州人民日益高涨起来的革命斗争激情，引起了帝国主义和国民党反动派的注视和警惕。汪精卫在得到中共准备在广州发动暴动的消息后，要张发奎立即解除教导团的武装，驱逐工人赤卫队，对所有工会组织进行搜查。张发奎得到指令，马上电令前敌总指挥黄琪翔回广州执行这一任务。于是远离广州的反动军队，开始向广州调动。在此情况下，张太雷和广东省委审时度势，决定把暴动时间由 12 月 13 日提前到 11 日，并下达了战斗命令。

11 日凌晨三点半，一颗信号弹准时划破夜空，在张太雷、叶挺、恽代英、叶剑英、杨殷、周文雍、聂荣臻的领导下，国民革命军第四教导团、警卫团和七个联队、两个敢死队等六千多广州工人赤卫队员举行暴动，宣布广州苏维埃政府成立。

在暴动之前，工人赤卫队总指挥周文雍对工人赤卫队各联队进行了战斗任务的部署，要求实力较强的有着六百多人的第一联队负责攻打维新路上的广州公安局以及对面的保安队。第一联队的赤卫队员基本上都是参加过省港大罢工的工人，罗登贤和他们有生死与共的革命情谊。这些工人分属金属业、人力车、电务、油业、酒米柴炭、瓜菜、颜料、茶叶等许多工会，有的人在省港大罢工时就参加过工人纠察队，受过较为系统的实战训练，有一定的战斗力。

广州暴动打响后，第一联队队长罗登贤和参谋长刘楚杰率领着第一联队队员从龙潭街太邱书院和维新北路第一公园前的模范汽车巴士公司和明星戏院等伏击点同时冲出，分南北两路从惠福路和维新北路夹击广州公安局和保安队。

一时间，冲杀声震天，子弹嗖嗖地在惠福路和维新北路路口和公安局、保安队之间飞来飞去。 在罗登贤的指挥下，埋伏在第一公园里的敢死队向公安局和保安队发起了冲锋，其他赤卫队员一个个也像下山的猛虎，奋不顾身地扑向了敌人。 面对赤卫队员的猛烈进攻，公安局和保安队的反动军警利用门前的沙袋构筑好工事，架上机枪，对扑上来的赤卫队员进行了疯狂地扫射。 就在双方战斗呈胶着状态时，汽车队运载着教导团的官兵及时赶到，给予赤卫队员强大的火力支援，通过合力作战，首先打败了保安队的军警，取得了局部战斗的胜利。

打败了保安队的守敌，在教导团士兵的驰援下，罗登贤又指挥赤卫队员在维新路上沿着公安局的围墙向其大门逼近。 教导团官兵和赤卫队员一面从正面进攻，吸引敌人的火力，一面让敢死队员从围墙边进行包抄，在接近大门时，向沙袋后的机枪手投掷了手榴弹，一举摧毁了敌人的正面抵抗。 还有几个敢死队员勇敢地爬上公安局的墙头，将炸药投向装甲车，将装甲车炸成了一堆废铁。 看到敌人已经丧失了抵抗能力，罗登贤一声令下，赤卫队员和教导团的士兵一起向公安局发起了冲锋，在弥漫的硝烟中，赤卫队员和教导团的士兵一个比一个骁勇，他们高喊着“冲啊——”跨过沙袋工事，终于攻克了这个反动堡垒。

在赤卫队的猛烈攻击下，公安局长朱晖日眼看大势已去，便带着随从从后院越墙而逃，狼狈如丧家之犬。

攻占了公安局后，教导团的士兵们和赤卫队员随即打开设在院子的牢房，将里面被关押的人全部释放。 被关押的人中，就有不少是参加示威而被逮捕的工友，当这些被解救的工友看到广州暴动这激动人心的场面，马上也加入赤卫队中，那被鲜血染红的褴褛的衣衫在起义军的洪流中，显得格外亮眼。

就在罗登贤率领的赤卫队第一联队攻城拔寨，攻占保安队和公安局的时候，其他各路起义队伍通过近两个小时的激战，也各个击破，攻破了珠江北岸的大部分地区。 之后，又经过十多个小时的战斗，起义军占领了整个广州城。一时间，教导团和赤卫队的旗帜高高飘扬在广州的大街小巷，广州的一些建筑和商铺的门楣上，也挂起了庆祝胜利的横幅，墙上也张贴上革命的标语。在革命的滚滚洪流面前，转眼之间，广州的白色恐怖烟消云散，嘹亮的歌声飞扬在广州的上空，人们的脸上也洋溢着取得战斗胜利的喜悦笑容。

罗登贤和教导团及赤卫队的工友们也在凌晨六点，见证了印着铁锤和镰刀的一面大大的红旗从广州市公安局楼顶旗杆上升起的幸福时刻。他注意到就在旗帜升起的时候，东边的天上，已经染满了曙红，红霞正一片一片往外跳，仿佛要把天幕布满。

接着，举行了广州苏维埃政府挂牌仪式。在广州市公安局的门前，张太雷在参加战斗的战友们的目光注视下，自信挥洒地揭去了盖在牌额上的红布，同时宣布广州苏维埃政府正式成立。

根据中央任命，张太雷任广州苏维埃政府代理主席，同时兼任人民海军委员会和人民陆军委员会委员。罗登贤被分配在人民外交委员会工作。当他看到广州苏维埃政府的牌额挂起来的瞬间，激动之情难以言表，他在心里暗自对自己说："我们的苏维埃政府成立了，我们的革命纲领应该是维护我们工人阶级在政治上、经济上切身利益的纲领，我们一定要维护好这个政府，真心地热爱这个政府。"

中午，太阳已经爬到头顶，因为时令已经进入了初冬，所以此刻的日头并不炽烈。赤卫队的工友们参加完夜间的战斗和早上的挂牌仪式，也没有进行休息，紧接着又来到维新北路的第一公园的门前广场上，准备召开广州苏维埃政府的成立大会。天有不测风云，就在大会即将开始时，突然接到情报，有一股敌人势力已经从珠江南岸偷渡珠江，经广州东郊猎德，占领了观音山，直扑吉祥路、连新路，向广州苏维埃政府奔袭而来。面对即将到来的战斗，庆祝大会变成了战斗动员会。

罗登贤率领第一联队的赤卫队员们利用对地形的熟悉，对偷渡之敌进行了截击，敌人看到赤卫队员发现了他们的偷袭阴谋，只好放弃进攻，掉头逃跑。

刚阻击了这一路的敌人，罗登贤又接到情报，在帝国主义军舰的掩护下，珠江南岸的敌人企图偷渡过河，对珠江北岸的革命军实施攻击。情况危急，从前面战斗中撤下来的罗登贤带着赤卫队员们一路小跑，以最快的速度赶到珠江河堤上，向正在上岸的敌人扑去，他们端着长枪，抡起大刀，一番冲杀后，敌人溃败而逃。

第二天中午，起义军为弥补前一天被搅局的庆祝大会，在丰宁路西瓜园广场召开大会，庆祝暴动的胜利和广州苏维埃政府的成立。

庆祝大会刚刚开完，在英、法、美、日等国支持下，张发奎、李福林等正调集九个团的兵力，从东、南、北三个面向广州进发，围攻广州。

在起义军的浴血奋战下，战斗打了三天三夜，终因实力悬殊，寡不敌众，起义军于当天晚上十点左右，接到起义总指挥部命令撤出广州，转移到农村继续战斗，起义最终失败。

在这次战斗中，暴动总指挥张太雷被流弹射中，不幸牺牲。工人赤卫队副总指挥梁桂华，也在战斗中不幸负重伤，起义失败后壮烈成仁。

就在起义总指挥部下达撤出广州的命令后，由于指挥部与各起义部队和工人赤卫队的各联队联系不畅，很多赤卫队小分队并没有接到指令，依然分散在各个地点进行战斗。此时，罗登贤仍然率领着第一联队的赤卫队员在长堤一带凭着用沙包修筑起来的工事，勇敢地对进攻的敌人进行回击，由于寡不敌众，他们边打边退，在狭窄的巷子里又和敌人进行了英勇的战斗，因伤亡太大，罗登贤只好命令赤卫队员撤退藏匿，自己也在转到一个巷子里，藏好了武器，躲到了一个工人的家里。

广州起义军撤出广州后，一部分撤至花县改编为红四师，由徐向前等领导，转战海丰、陆丰，和彭湃领导的农民赤卫军会合，开展游击战争；一部分退到广西左右江地区，一些人后来参加了邓小平、张云逸领导的左江和右江起义；还有一部分部队在韶关附近遇到朱德、陈毅率领的南昌起义部队，一起上了井冈山，与毛泽东率领的部队胜利会师，组成中国工农革命军第四军。

广州起义虽然失败了，但它在中国革命的历史上意义非凡，因为它不仅是中国共产党用革命武装向反革命武装进行的又一次积极而英勇的战斗，还是中国共产党独自领导的，在大城市中建立工农民主政权的有效尝试。

南昌起义、秋收起义和广州起义，开创了中国共产党独立领导中国革命的伟大时代。星星之火，在革命的疾风中，已经显现出燎原的姿态。

广州起义失败后，白色恐怖又一次笼罩了广州城，整个广州就像已经到来的严冬季节一样，萧条冷落，死气沉沉。张发奎和李福林率领的国民党反动军人在广州城对参加起义的工人赤卫队员进行了地毯式的大搜捕，一经发现，即行枪毙。不几天，惨遭杀害的赤卫队员和共产党员就达五千七百多人，广州城内血流成河，尸陈遍野。

广州的局势引起了中共中央的高度重视，12 月中旬，政治局召开常委会议，对广东问题进行了专题讨论，通过了《广州暴动形势下党的任务》，还决定派李立三去广东负责处理广州暴动的善后问题，让邓中夏在上海负责接待安排由广州撤退下来的人员。

此时，罗登贤在广州已经隐蔽了十多天了，他被憋坏了，晚上便悄悄出来，利用夜色的掩护，秘密联系自己的同志。在接头中，他听到这次起义所遭受的严重损失，心痛不已。他为牺牲的战友们感到惋惜，也为自己在后面的战斗中和指挥部失联导致了更多人员的伤亡而感到自责。

12 月月底，罗登贤终于等到省委的通知，要他即日赶到香港，参加紧急会议。接到通知的时候，罗登贤激动的心好像就要从胸口跳出来似的，这十多天的等待，他好像等了几个月甚至几年。

12 月 31 日，罗登贤穿着对襟的中式便装，拎着柳条箱子，混杂在人群里在香港下了船。下船之后，他跨上不远处的黄包车，迅速离开了人头攒动的码头。他不敢在码头上做太长时间的停留，他担心有人认出自己，给革命造成不必要的麻烦。

1 月 1 日上午九时，罗登贤按时抵达西环坚尼地域羲皇台 23 号四号楼招待所，参加省委在这里召开的广州暴动教训总结会议和省委扩大会议。参加会议的还有张善铭、恽代英、周文雍、陈郁、黄平、吴毅、杨殷、聂荣臻、邓发等二十多个同志，罗登贤看到他们，心里暖暖的，烫烫的，眼角竟然有些湿润。

广州起义失败，很多人对广东省委产生了埋怨的情绪，对要不要在广州举行暴动，暴动要采取什么样的方针和策略，为什么起义会导致最后失败，以及由谁来承担责任等问题进行了十分激烈的争论。张太雷牺牲之后，省委书记虽然由张善铭代理，但李立三仍以中央巡视员的身份主持了这次会议。

会上，首先由黄平作了广州暴动的相关报告。接着，李立三对广州暴动作了形势分析报告。由于一开始李立三就罔顾白色恐怖和敌强我弱的基本事实，以“左”倾错误路线对形势分析进行定调，所以，他并未正确引导与会同志在总结历史教训时在思想上的统一，相反，他认为当前的革命形势依然是乐观的，革命仍然处在高潮之中，所以党在当前的斗争仍然以暴动为主，从局部斗争不断向外发展，最后夺取全省斗争的全面胜利。

李立三的这个形势分析，客观上造成了与会人员的思想混乱。对广州暴动失败的原因，他并没有站在客观的立场上来分析，而是主观地从领导起义的省委几个知识分子出身的领导人身上找借口，认为暴动失败是领导不力，缺乏指挥战斗的能力造成的，在关键的时候，出现了慌乱和混乱，对敌人的进攻表现出胆怯和害怕。

李立三的错误思想和左派言论也影响了血气方刚的罗登贤。这个时候，他在分析广州暴动失败原因时出现了动摇，他被李立三激进的言论迷惑了，便自觉地站到了李立三的一边。当天晚上，罗登贤和工人王强亚、知识分子沈青以及农民黄谦，联名给李立三写了一份书面意见书，指出广州起义的失败，是由于省委几个知识分子出身的领导，在起义过程中没有发动和领导赤卫队员和教导团等参战人员进行殊死战斗，最后撤退，铸成了逃跑主义的大错。但是后来罗登贤发现，他的这份意见书在当时是受了李立三错误思想路线的蛊惑，也反映了他当时对政治方向把握的欠缺和独立思考能力的不足。

接到罗登贤等人的意见书，李立三好像战士拿起了枪，第二天就把这封信在会上进行了宣读，还独断专行，将暴动说得一无是处，完全抹杀了工人赤卫队员和教导团、警卫团革命战士的革命热情和英勇无畏的战斗精神。还刚愎地指责省委领导的军事投机的错误行为，是导致暴动失败的关键。

李立三是代表中央来对广州起义作总结的，在当时的情况下，对广州暴动一些极端的、倾向性的错误认定，便像一阵风暴，越刮越烈。

个别工人出身的省委委员，不顾战友间的革命情谊，公开地对一些知识分子出身的干部进行诋毁和谩骂。罗登贤也认为，起义的第二天即 12 日晚上的会议，并没有坚决退却的决定，况且在敌人强大的攻势面前，我们的起义军表现出惊慌失措，撤退命令只通知到教导团和警卫团，并没有通知到工人赤卫队，以致赤卫队员们在战斗的最后时刻仍拼死抵抗，最后弹尽援绝，伤亡惨重，起义军领导人应该对暴动失败负主要责任。

站在罗登贤的立场，他的这番观点也许是正确的，但是，这样的观点在当时正好策应了李立三的对广州暴动“左”倾错误的认定。

在这次会议上，还通过了《目前党的任务及工作方针决议案》和《对于广州暴动决议案》等文件。决议案最终肯定了广州暴动的意见，对起义的经验教训进行了总结。但在分析起义失败的原因时，还是采取了惩办主义的做法，主观从事，对暴动领导者进行了先入为主的责任认定，不让被批评的人有申诉辩论的机会。源自党内的沉闷气氛，让参与领导起义的知识分子喘不上气来。

会议还以政治纪律为借口，决定对参与领导广州暴动的知识分子出身的省委委员进行严肃处理，恽代英、周文雍、杨殷、黄平、陈郁、吴毅等人赫然在列，对叶挺和徐光英等起义军领导也进行了批评，勒令周文雍戴罪立功，迅速返回广州处理暴动遗留下来的问题，用最快的速度再次发动“春骚”活动，以证明起义军的力量依然强大。 对这些处理决定，李立三要求上报中央，以取得中央的理解和支持。

会议还决定，在香港要做好收容工作，收容广州暴动后败退香港的赤卫队员，给予他们必要的生活救济，除了保证每天伙食的供应，还每人每天发放两角钱的零用钱，多渠道解决他们的就业问题。

会议还有一项重要议程，就是对省委进行改选，选出的省委委员有李立三、张善铭、罗登贤、李源、邓发、陈郁、恽代英、卢永炽、黄学增、沈青、杨望、赵自选、王灼、吴毅、黄谦、王强亚、聂荣臻、甘卓棠等二十五人，其中，工人和农民就占了十八人，知识分子数额明显降低占比，身份结构有了很大改变。 在李立三、张善铭、沈青、罗登贤、王强亚、李源、黄谦等七人组成的省委常委中，罗登贤、王强亚、李源是工人，黄谦是农民，身份结构也向工农出身的同志发生了倾斜。 会议最后选举李立三为省委书记，常委会下设职工运动委员会、军事委员会、编辑委员会、组织秘书处等，罗登贤兼任职工运动委员会书记。

会议之后，罗登贤代表省委从香港来到广州，向广州市委传达了省委扩大会议的精神，然后连夜返回，因为他还有重任在肩，由他和黄平两人代表广东省委向中央汇报广州暴动问题，在李立三看来，他们是最合适的人选。

1928 年 1 月 16 日，带着李立三和广东省委的指示，罗登贤和黄平到达上海。 1 月的上海，寒风凛冽，比起广州来，冷了许多。 在十六铺码头下了轮船，他们顾不得休息，就径直来到环龙路老渔阳里 2 号党中央工作部，向中央报告广州暴动的相关问题，以及广东省委扩大会议的经过和广东省委向中央报告的《广州暴动之意义和教训》等意见，并请中央通过广东省委的新预算。

其实，李立三对广州暴动问题的处理，中央已有所耳闻。1月上旬，周恩来、瞿秋白、苏兆征、邓中夏等人，多次谈到李立三不顾广州当时的白色恐怖，严厉处理广州暴动领导人，不顾危险，把他们派回广州或广东省内的其他地区做党的基层工作的做法，都认为他的这些行为明显是过火和不适当的，应该予以纠正。

就在罗登贤和黄平到达上海的当天，中央政治局召开了临时会议，讨论广东省委对广州暴动作出的决议。邓中夏在发言时指出，广东省委书记李立三对参与领导广州起义的省委领导责之过甚，处分过严，不利于同志间的团结和革命活动的开展。会议最终取消了李立三宣布的对中共广东省委的特殊处分决定。

根据罗登贤和黄平的报告，1月20日，临时中央政治局召开常委会议，会议再次对李立三指责广州起义是所谓的军事冒险、愚民政策以及没有发动群众等说辞给予了否定。同时致信广东省委，要求李立三立即回中央，同时委派邓中夏赴香港接替李立三广东省委书记的职务，并要求邓中夏尽快赴港召集省委扩大会议，传达并执行中央关于广州暴动的决议精神。

广州暴动失败后一个月，和罗登贤并肩战斗的周文雍从香港悄然回到广州，在陈铁军的接应下，回到了“家”里。

1927年广州“四一五”反革命政变后，广东省委要求把党的活动转入地下。周文雍因为单身，容易引起敌人的怀疑，组织上就于8月间派陈铁军来到他身边假冒夫妻，开展革命活动。在“家庭”之内，保持着纯洁的同志关系。

陈铁军是广东佛山人，生于1904年3月，比周文雍大一岁。1922年春，陈铁军在广州坤维女子中学初中部读书，毕业后考入广东大学文学院预科。在学校里，她追求进步，一心要跟着共产党革命，就把原来的名字“燮军”改为“铁军”。1926年4月，为了革命的信仰，陈铁军加入中国共产党。

在同一个屋檐下生活，陈铁军被周文雍忘我而专注的工作精神吸引了。她家境殷实，在富裕的环境里长大，所以每当周文雍工作到深夜，她总是煲好汤，让他补一补身体，对革命同志表达关切和敬意。11 月间，周文雍被警察局逮捕，幸亏没有暴露真实身份。陈铁军以“妻子”身份探监时，偷偷送去了许多红辣椒。周文雍吃后满脸通红，如同发高烧一样说胡话，经同监人大闹和事先疏通了狱医，监狱把他送入医院。地下党马上派人到医院支走看守的警察，将周文雍抢出来送回“家”中。因刑伤未愈，陈铁军像妻子那样日夜照顾，周文雍深深被感动。两人不是夫妻但感情近似夫妻，只差最后说破。

广州起义第二天，长堤方向告急。警卫团的领导不会粤语，指挥部急需一名翻译以便同工人进行协调，周文雍看着身边的陈铁军，将她派到警卫团去做翻译。在枪炮声中，两人的这一别，面对的就是生死之隔。他俩在分手时的眼神里，彼此都读懂了对方的深情。起义失败后，周文雍和陈铁军分别潜往香港，无数战友牺牲的悲痛和革命遭遇的困难，让他们无暇顾及个人的感情。两人这次再度扮作夫妻回广州，主要任务是联络失散的同志。回来仅半个月，一个被联络者叛变，在告密后于傍晚带警察来对周文雍和陈铁军进行抓捕。当时在家的陈铁军警觉地听到了动静，马上让同样是地下党员的妹妹从阳台逃走，自己则留了下来准备搬动窗台的花盆向出门的周文雍发出信号，不幸的是，周文雍没有看见告警信号，跨进门后，二人同时被捕。

周文雍和陈铁军被逮捕之后，敌人对他们进行了严刑拷打，面对酷刑，他们始终坚贞不屈。

面对周文雍和陈铁军视死如归的气节，反动法官在宣判他们死刑后，问周文雍还有什么要求，周文雍说，那就把摄影师带到监狱里来让他和妻子合一张影吧，他和陈铁军并肩站在铁窗下照了一张相，为一对革命情侣，更为党和同志们留下了永远的纪念。

1928 年 2 月 6 日，当周文雍和陈铁军昂首挺胸走向刑场时，被反绑着双臂的陈铁军昂起头，大声呼喊道：“同志们，我和周文雍同志假扮夫妻，共同工作了几个月，合作得很好，也建立了深厚的感情。现在，我们要结婚了。就让国民党刽子手的枪声，作为我们结婚的礼炮吧！”刽子手的枪声响了，这时，两个人的鲜血染红了红花岗的土地。

周文雍和陈铁军的牺牲，让罗登贤痛心不已。

2月7日，南国已是一派春的景色。邓中夏受中共中央政治局委派，通过整整一周的海上航行，从上海乘船到达香港，到广东省委机关所在地报到，出任广东省委书记。

邓中夏到达香港后，2月9日就主持召开了中共广东省委常委扩大会议，讨论中央和广东省委的广州暴动决议案。邓中夏、李立三、张善铭、恽代英、罗登贤、黄谦、吴毅、聂荣臻、黄钊、叶耀球、李源、王强亚、沈宝同等出席了会议，青年团代表袁炳辉以及香港市委代表卢永炽、李海筹也列席了会议。

根据会议安排，罗登贤首先汇报了中央对省委扩大会议通过的《广州暴动之意义与教育》的具体意见、中央的决定以及对省委意见的答复。对中央和省委对于广州暴动所下的不同结论，在陈述中，罗登贤一方面认为中央的决定对广州暴动的意义非常重要，充分说明广州暴动是一次伟大的革命创举，另一方面，他认为暴动没有充分地将广大群众的作用发挥出来，起义领导机关在退却时没有具体计划，犯下大错。罗登贤坚决地认为，对暴动领导者的政治处分可以进行改正，但不能取消，因为他们在发动群众和下令撤退时所犯的错误，就应该受到纪律的处分。

罗登贤的报告和观点在会上引起了激烈的讨论。大家认为，对没有充分发动群众的问题，只能说明党在面对革命斗争时，办法还不多，因为我们缺少这方面的经验，对暴动领导人的处理，从积极改造党的目的出发，仍然应该予以保留。

听完罗登贤的报告和陈述，以及大家所表达的观点，邓中夏最后作了总结发言。他在传达了中央关于广州暴动的决定精神后，对李立三领导的广东省委对广州暴动所作的决议进行了严肃的批评。他面色冷峻，严肃地说："省委决议是狭隘、偏重，动摇了人心，根本精神是错误的，所以要不得。中央和省委意见的分歧，是一个很严重的问题，省委应该服从中央，取消省委的决议。"

邓中夏在发言中，对广州暴动进行了高度评价，他说："广州起义是中共广东省委贯彻中共'八七'会议精神，在中共中央直接指导下领导广州地区工农群众和革命士兵进行的一次大规模的暴力革命，是继南昌起义和湘赣边界秋收起义之后，对国民党反动派的又一次英勇反击，是在城市建立苏维埃政权的大胆尝试。虽然起义失败了，但起义军和工农群众的英勇战斗，不怕牺牲的革命精神，给了白色恐怖下的人民大众以新的鼓舞，是中国革命新时期的开始。"他激动地说："广州暴动以结束了一个过程，就是中国国民党革命已经完了，开始了苏维埃革命的新时期。广东暴动就是苏维埃革命的开始，这更加说明了广州暴动影响巨大，不但全中国民众受了很大的影响，就是全世界都受到莫大的影响。东亚地域高树红旗，建设苏维埃以广州为第一次，虽然暴动失败了，但伟大的意义并不因此而消灭，受此暴动影响而激起民众革命的高潮，并不因此而低落。"

对李立三坚持实行惩办政策，在对周文雍的牺牲予以同情的同时，还对周文雍、陈郁等参加领导广州暴动的同志给予政治处分，邓中夏坚决予以否定，他说："李立三的错误在他没有从客观实际出发，没有吃透中央的精神，机械呆板地理解中央相关文件。中央通告的本意，是要求各地党组织从根本上打破从前依赖军队的观念，独立地发动工农举行的革命暴动，这和李立三实行的惩办主义是不一样的，李立三主持的省委会议不仅没有正确地理解中央文件，反而是对革命同志采取先把罪状弄好了，把一切的原因都归咎到领导机关，刻意打击别人的行为。"

在邓中夏的主持下，会议推翻了广东省委关于广州暴动的决议，撤销了对周文雍、陈郁等八个人的处分，并布置由吴毅和恽代英执笔，重新起草《广州暴动经过》，上报中央。邓中夏实事求是的敞亮胸怀，保护了同志，反映了一个共产党员的高风亮节。

考虑到广东工作的实际情况，邓中夏还以广东省委的名义致函中央，请求批准留李立三在广东工作，或者派他到海陆丰巡视。

2月26日，中共中央发出第三十五号通告，将《广州暴动之意义与教训》决议案的补充意见通告全党，报告了党内在广州暴动评价问题上的不同意见和争论的经过，并针对广东省委仍持保留态度的几个问题提出了结论性的意见，要求全党统一执行。另外，中央还对广东省委对待知识分子党员的“左”的倾向予以了批评和纠正。

在对广州暴动结论处理的过程中，罗登贤也经历了由片面执行到全面反思的转变。一开始，在李立三批判知识分子出身的领导、赞赏工人出身的领袖的思想的蛊惑下，工人出身的罗登贤便热血沸腾，以为只要拥有革命精神，便可以主宰一切；加上在思想上认定的发动群众没有到位，教导团和警卫团下达撤退命令不到位，是广州暴动失败的直接原因，导致了对广州暴动意义定性的偏离。通过会议，他认识到自己的站位还不够高，和邓中夏等党的高级干部有着明显的距离，所以在同志们的帮助下，他很快意识到自己的错误并立即予以纠正。其实，李立三当时处理广州暴动的态度和方法，也是受到了共产国际极“左”思潮的影响，没有根据实际情况进行全面、客观、准确的分析，在短时间内造成了广东省委内部的思想混乱。

这一段经历使罗登贤知道，在革命的道路上，来自思想上的风雨对革命的前程威胁更大，因为它不仅会伤及战友，还会使自己迷失方向。

第七章
在风雨中穿行

广州起义的失败，使广东再次陷入白色恐怖之中。为了打击参加暴动的工人赤卫队员，国民党反动派和香港当局相互勾结，利用曾经参加省港大罢工并认识很多革命人士的工贼梁子光等人组成特别侦缉队，潜伏在香港，到处搜捕从广州及东江各地撤退到香港的革命同志。一旦参加革命的同志被他们逮捕，就会即刻被押回广州执行处决，革命形势变得严峻而复杂。

到达香港的罗登贤，一方面肩负着协助省委书记邓中夏领导白区的香港开展斗争的工作，一方面要负责“济难会”的工作，接待并处理广州起义失败后来到香港的工友们的生活和就业等问题。

广州起义和海陆丰起义失败后，大批从战场上退下来的同志来到香港避难，广东省委一时间也拿不出大笔经费来解决他们的基本生活问题。罗登贤感受到巨大的工作压力。

面对严峻的局面，罗登贤以高涨的革命热情投入了工作。他想，大家都是一起投身罢工、投身暴动的革命同志，有的人已经在战斗中献出了年轻而宝贵的生命，对这些从战斗中幸存下来的人，就要给予更多的关怀和保护。都说压力就是动力，一个真正的革命者只有在困难面前，才能显现英雄本色。在罗登贤和工友们的共同努力下，一些人被陆续安排到工厂或商店里工作，一些人被安排到轮船上当海员，还有一批人被安排到湾仔黄泥涌做开山、推泥车等活计。对于一时仍然找不到工作的同志，则要求大家发扬互助友爱的精神，进行力所能及的帮扶。一些在轮船、酒楼、茶室以及饭馆工作的人，也是把别人吃剩下的食物打包带回家来，帮助他们渡过暂时的难关。

梁子光的特别侦缉队活动十分猖獗，在邓中夏的领导下，罗登贤就利用各种场合和手段与他们进行机智的斗争。罗登贤把一些觉悟特别高又有些文化的工友安排到香港政府英籍官员的家里当保姆，还在一位英国大律师的家里面安排了几个人做勤杂工，一方面解决了这些工友的就业问题，另一方面对他们也是最好的保护。因为这些人的家里，香港的侦缉队和警察不敢入户进行检查。

在英国大律师的家里，罗登贤观察发现，这位大律师家的院子很大，几位工友都住在院子最后面的小房子里。这位大律师很忙，平时很少在家里，也不到后面工友住的小房子里面来，家里相对比较安全。于是，他就利用几个工友住的房子，把一些文件转移到这里保管，还在这里开设了一个秘密印刷所，经常在大律师到律师事务所上班的时间里，在小房子里召开一些会议，这里便成为党组织秘密活动的一个地点。

在香港半山的皇家花园边上，住着一个金发碧眼的香港政府女秘书，精明的她用很低的工资就雇到了几个工人来伺候她的生活，殊不知这几个人也是罗登贤巧妙安排来的曾经参加广州起义的赤卫队工友，自然，这位漂亮的女秘书的家，也就成了掩护罗登贤他们开展革命活动的隐秘阵地。

残酷的斗争，让罗登贤变得格外警觉，处理具体的事情时也变得非常小心。他知道，策略和方法是取得斗争胜利的关键，一个细节做不好，就会给战友带来危险，给革命带来损失。所以，在参加一些会议遇到紧急情况时，他总是让大家先走，然后将会场进行陈迹复原，处理掉一切可能带来严重后果的文件，最后才镇静自若地离开。

平时，罗登贤对机要工作也是特别地注意，他很少轻易销毁党的机要文件，而是把文件的藏匿工作放在保密工作之前，确保安全。

一天，他在住在三楼的姐姐家里正和几个工友研究事情，突然听到楼下一阵嘈杂声，几个警察手拿警棍直奔楼上，开始搜查。几个人瞬间紧张了起来，一个人忙着烧文件，一个人趴在门口看动静。此时，只见罗登贤非常冷静地走到窗口，先把作为联络暗号的窗台上的一盆花移到了屋内，然后从容地把事先准备好的麻将牌倒在桌上，招呼着大家有说有笑地打起了麻将。原来，这几个警察听说楼上有人在吸食鸦片，就过来搜查，没有找到他们要找的人，不一会就走了。警察走后，罗登贤看到文件被烧毁了，感到很可惜，他跟参加会议的工友说，今后遇到此事，一定要临危不乱、机智勇敢，文件要尽可能地予以保留，因为它是指导大家工作的指南。

其实，警察搜捕吸食大烟的人只是个幌子，他们正以不同的方式对工人赤卫队队员等参加革命的人士进行疯狂搜查。

2 月 20 日上午，邓中夏和罗登贤、王强亚、黄谦等人，在位于香港半山区坚道路上的香港广东省委的地下机关召开省委常委会议，研究省委给琼崖特委的指示信函及其他的一些工作。会议结束后，因琼崖特委交通员当天下午要返回琼崖，邓中夏就叫张穆将已经讨论定稿的省委给琼崖特委的信，立即送到设在另一地点的秘书处去缮写。张穆刚离开会场几分钟，香港警察局的大批警察就突然冲进会场进行搜查。他们查到会议记录后，以共产党疑犯的罪名将邓中夏、罗登贤、王强亚和黄谦逮捕，送往警察局关押。

与此同时，省委军委办事处、新旧交通处、招待处也相继遭到破坏，省委与各地的联系完全中断。

香港警察局突然搜查会场，是有人向香港警察局报告共产党员黄谦在屋里开会。大革命时期黄谦在广州郊区工作时，曾处死过一个恶霸地主。地主的儿子从此怀恨在心。大革命失败后，这个地主的儿子来到香港到处打听黄谦下落。黄谦是广东省委常委，一天，地主儿子终于在街上发现了黄谦，便对黄谦盯梢跟踪，见他进入房子后，便立刻到香港警察局报告。警察局听说黄谦是共产党，随即派大批警察对省委地下机关进行了包围搜捕。

面对警察的突然搜捕，邓中夏和罗登贤他们表现出特有的冷静和沉着。

警察在盘问时，邓中夏假说自己叫杨富贵，是从上海来香港做生意的商人，罗登贤和王强亚、黄谦也说他们都是商人，正在商谈一笔生意，他们根据大家早就约好的一套假口供，来迷惑警察。

就在这时，警察搜查到了会议记录，说他们正在召开共产党的会议。

邓中夏和罗登贤知道会议记录人张穆已经悄然离开了会场，而会议记录本上没有在场人员的笔迹，便坚决要求警察核对笔迹，以证明记录本上的内容和他们无关。

罗登贤看到邓中夏机警地和敌人应对，其他同志也都要求核对笔迹，以证明这个笔记本和他们之间的生意没有任何的关系。

但是，反动警察根据地主儿子的举报，不肯将邓中夏、罗登贤等参加会议的人释放，还是把他们带回警察局，打算通过审讯把他们的真实身份弄清楚。

在警察局提审中，邓中夏和罗登贤等再次要求查验笔迹，警察当局迫于缺乏证据，只得一一核对笔迹。核对结果当然无一相同。警察局根据举报知道黄谦就是共产党员，所以仍然怀疑所有被捕者可能都是共产党，便想通过审讯继续查清他们的身份。

邓中夏和罗登贤、王强亚、黄谦被捕后，为了不影响省委的正常工作，3 月 23 日，广东省委常委会进行了新的调整，恽代英、沈宝同、吴毅三人组成临时常委会，24 日早晨，也得到中央同意，从上海返回香港继续主持工作。

中央在得知邓中夏和罗登贤、王强亚、黄谦等多名省委常委被捕之后，立即派周恩来到香港组织营救。周恩来到达香港后，聘请了一位英国籍的大律师为邓中夏及其他几个同志进行辩护。

3 月下旬，香港警察局不得不将这一案件移交香港法院。香港法院开庭审理时，英国大律师出庭为邓中夏、罗登贤、王强亚、黄谦作了长篇的辩护发言，要求法院立即将在押人员无罪释放。

香港警方则坚持继续侦查。律师和警方代表在法庭上进行了激烈的辩论。

邓中夏、罗登贤他们也据理力争，抗议警察当局侵犯人权。由于香港当局始终未能查明邓中夏等人的身份，又没有掌握关于他们的任何证据，法庭只得作出裁决：除了黄谦，其他被拘留的人在缴纳保释金后全部释放，立即驱逐出香港。

第二天，邓中夏和罗登贤、王强亚走出监狱，邓中夏乘“太古号”邮轮经厦门回到上海，罗登贤和王强亚也离开香港，返回内地，根据党组织的决定，他们继续留在广东省委工作。不幸的是，黄谦因身份已被敌人查明，6 月 11 日被国民党反动政府引渡到广州，6 月 16 日在广州红花岗惨遭杀害。

罗登贤到了广州，看到张穆，张穆一边拉着他的手，一边问他：“坐牢你到底怕不怕？”

罗登贤坚定地回答：“不怕。怕死、怕坐牢就不要参加革命，不要加入共产党。我们是有信仰的，为了信仰，我愿意赴汤蹈火，万死不辞。”

经历过暴风骤雨的捶打，罗登贤在革命的征途上变得愈发坚强。

4月13日，羊城广州花团锦簇，风和日丽。中共广东省委举行扩大会议，再一次讨论和评价广州起义的问题。刚刚从香港出狱来到广州的罗登贤也出席了会议。

为了防止暗探的打探侦查，会议以办喜事的形式在一个公馆里举行。公馆内外张灯结彩，热闹无比，公馆外面，省委也布置了一些暗哨。

周恩来也参加了这次会议。周恩来一到会场，全场便响起了热烈掌声，罗登贤和其他参加会议的同志一样，被周恩来儒雅谦和、坚定自信、英气勃发的气质深深吸引了。

在会上，周恩来首先全面分析了广州起义对于中国革命的历史意义，总结了失败的主要原因和经验教训，指出这次起义是在反动势力十分猖獗，全国的城市都掌控在国民党反动派手中的时候，广东的工人、农民、革命军人、知识分子以及部分香港的产业工人，在党的领导下，联合起来以武装斗争的方式向反动统治者进行勇敢反抗的一次尝试。他用带着江淮尾音的普通话说：“在这次起义中，绝大多数起义者包括我们的知识分子，面对敌人的枪林弹雨，他们不怕牺牲，英勇顽强，表现了革命者的英雄气节，这种大无畏的精神，是值得每一个革命者学习的。”

周恩来在作报告时，他的语调是平缓的，但这份看似的平缓后面，却透出中央对于这次起义的充分肯定。

在讲到广东省委决议中对知识分子出身的领导者进行刻意的处理，加大对工人、农民出身的同志任用培养等问题时，周恩来说：“省委提拔了一批工人出身的优秀分子参加新的省委领导，这很好，但是不能因此就把经得起考验的知识分子出身的干部踢出我们的干部队伍，这样做不利于团结，也不利于革命的开展，这样做，是非常危险的。”

会上，周恩来还对李立三等人的“左”的做法提出了批评，并代表中央再次宣布原来广东省委下发的对八个起义领导者的处分决定无效。

周恩来在作报告时，会场鸦雀无声，就连公馆里挂着的灯笼，也停止了摆动。大家听着周恩来对广州起义的精辟分析和对领导干部处理问题的性质认定，都被他的高瞻远瞩和革命情怀，以及体察关怀革命战友的赤诚之心感动了。他的讲话，使大家的思想得到了统一，前进的方向也更加明确，革命的信心得到了进一步的增强。

听了周恩来鞭辟入里的报告，罗登贤的心里就像点亮了一盏灯。他和其他与会者一样，都认为周恩来的讲话既高屋建瓴又实事求是、以理服人，因而完全赞成周恩来的观点。

在这次会议上，还通过了按照中央意见修改后的《关于广州起义决议案》《广东政治任务及工作方针决议案》《党的问题决议案》《苏维埃问题决议案》《职工运动决议案》《军事问题决议案》等一系列文件，一致认为，目前广东的党的策略应该是继续在全省组织暴动，使暴动的面扩大，从而达到在全省进行总暴动的目的。

会上，罗登贤等三十二人当选为新的广东省委执行委员，其中，知识分子十五人，占委员数的百分之四十七，工人十一人，农民六人，从比例上看，知识分子在选举中明显得到尊重。罗登贤等九人还当选为广东省委常委，工人出身的李源为省委代理书记。

第八章 耀眼的火焰

进入生机盎然的 4 月，就在中共中央全力以赴筹备在苏联莫斯科召开中国共产党第六次全国代表大会的时候，一个噩耗不幸传来：4 月 15 日，临时中央政治局常委罗亦农因秘书何家兴夫妇叛变，在上海公共租界内的戈登路望德里被租界巡捕逮捕，三天之后被引渡到淞沪警备司令部，21 日在西郊龙华被国民党反动派杀害，时年二十六岁。罗亦农的遇难，引起中共高层的震惊，这是中国共产党的重大损失。

罗亦农比罗登贤大三岁，是湖南湘潭人。 他 1921 年春由上海共产党选派，去莫斯科东方劳动大学学习，同年加入了中国共产党，并被推选为中共旅莫斯科支部书记。1925 年 3 月他回国之后就从事工人运动，参与组织、领导了省港大罢工，还出任中共广东省委的宣传部长。省港大罢工爆发以后，他始终站在斗争的前沿，带领着罗登贤等人起草传单，以宣传和鼓舞罢工工人的革命斗争，还协助罢工委员会妥善解决了从香港来到广州的二十多万香港罢工工人的食宿问题。1927 年 11 月，罗亦农被补选为中共中央政治局委员并兼任组织部长后，和瞿秋白一起为即将召开的党的六大拟写了《党纲草案》。准备赴莫斯科前，1928 年 4 月 15 日，因为叛徒何家兴、贺治华夫妇的出卖，在上海公共租界内的戈登路望德里不幸被租界巡捕逮捕，这时，罗亦农新婚才刚刚三个月。组织上的营救计划失败之后，对即将到来的死亡，罗亦农在狱中为妻子，也为志同道合的革命同志，写下了绝命诗："慷慨登车去，相期一节全；残躯何足惜，大敌正当前。"

罗亦农的牺牲，让中央深感痛惜。这时，临时中央政治局决定，派瞿秋白、周恩来、苏兆征、邓中夏等人赴莫斯科筹备中共六大，同时决定将在省港大罢工和广州起义中表现出色的罗登贤从广东调来上海，与李维汉、任弼时以及中央秘书长邓小平、团中央负责人刘昌群等组成临时中央常委会，在党的六大召开期间，在国内主持中央日常工作。

残酷的斗争，让党的各项工作都变得更加警觉。为方便观察和转移，中央秘密开会的地点仍然设在上海公共租界福州路口天蟾舞台后面的云南路 171 号、173 号的楼上，这样一来，既便于呼应连接，也方便分散转移。

罗登贤来到上海后，感到一切都是新鲜的，在一起工作的同志都是在党内久负盛名的卓越领导人，使他更加感受到肩上担子的分量。对于中央的任用和提携，他知道只有通过忘我的工作，才能不辜负党的培养。于是，他和其他常委一起，针对国际国内形势，对群众进行了广泛的发动，号召他们积极行动起来，一起反对英、美帝国主义将山东和满洲的权益卖给日本的霸权行径，同时号召工人开展运动，组织农民进行暴动，加紧对革命军的训练，整顿和发展党组织。面对千头万绪的工作，他们处理得有条不紊。

5 月 25 日，留守中央的李维汉、任弼时、罗登贤等发出中央通告第五十一号令《军事工作大纲》，决定把暴动中产生的工农革命军正式定名为红军。

国内革命工作的开展在坚实地向前推进，而远在莫斯科，参加中共六大的代表也在为会议的召开进行各方面的努力。

6 月 7 日，苏兆征、周恩来、瞿秋白、邓中夏等，召集已经到达莫斯科的近六十名中共六大代表举行座谈会，讨论关于中共六大政治、组织、职工、农运等决议案的起草工作，并决定于 6 月 12 日前后成立大会秘书处和各委员会，为大会召开开始准备工作。

6 月 9 日，在莫斯科民防大楼，苏兆征、张国焘、周恩来、瞿秋白、邓中夏等部分中共领导人受到了斯大林的接见。斯大林在接见中作了《关于中国革命的问题》的指示，他认为中国革命在中国大地上已经溅起了几朵浪花，但这些浪花并不代表革命高潮的到来。他说，中国共产党目前的任务是传播知识、开展工人运动、进行农民斗争、培养军事干部，其中最重要的就是争取那些打过仗的人建立规模庞大的红军，农民革命和土地革命最重要的成果，就是创建红军。他还根据苏联革命的经验说，在任何时候，农民都是不能领导工人和革命的，革命必须要由工人阶级来领导。

6 月 18 日下午，进入最美季节的莫斯科阳光灿烂，花朵前彩蝶翩飞，蓝天下白云飘飘，清新的空气沁人心脾。此时，一百四十二名代表来到莫斯科近郊的五一村，共同出席中国共产党第六次全国代表大会的开幕式。在出席会议的代表中，正式代表八十四人，候补代表三十四人，其中工人代表四十一人，他们代表着全国 130194 名党员。

斯大林、周恩来、瞿秋白、苏兆征、蔡和森、李立三等二十一人组成大会主席团，并在主席台上就坐。共产国际负责人布哈林和国际东方部负责人米夫也参加了大会。开幕式在向忠发的主持下拉开帷幕，瞿秋白代表五届中央委员会致开幕词。

这次大会的主要任务，是总结共产党大革命以来的经验教训，正确估计大革命失败后的形势，确定党在新形势下的路线、方针和任务。

为了便于研究会议要解决的各项专门问题，负责向大会提出报告和起草决议，大会成立了政治委员会、军事委员会、组织委员会、职工运动委员会、苏维埃运动委员会和南昌暴动委员会等十个专门委员会。在大会上，大家对大革命失败的经验教训进行了总结，研究制定党的路线、纲领和政策。在讨论中，大家认为，右倾机会主义断送了大革命的前程，给党留下了千百万人流血牺牲的惨痛教训，一切非无产阶级的“左”倾机会主义路线，特别是宗派主义的统治，也对革命造成重大的损害，一致认为“八七”会议在重要的历史关头挽救了党。

7 月 9 日，在六大第二十次会议上，大会一致通过了《政治决议案》《土地问题决议案》《农民问题决议案》《职工问题决议案》等决议，并通过了经过修改的《中国共产党党章》。

7 月 10 日上午，大会进行选举，毛泽东、瞿秋白、周恩来、张国焘、苏兆征、向忠发、彭湃、关向应、蔡和森、杨殷、李立三、项英、任弼时、徐锡根、罗登贤等二十三人当选为中央委员会委员，邓中夏、史文彬、周秀珠、罗章龙等十三人当选为中央候补委员。接着中央委员会又选举了瞿秋白、周恩来、苏兆征、蔡和森、项英、向忠发、张国焘等七人组成的中央政治局；李立三、罗登贤、彭湃、杨殷、关向应、徐锡根等七人为政治局候补委员。

在莫斯科参加会议的中央候补委员中，有一个人注定要和罗登贤的生命紧紧联系在一起，她就是周秀珠。周秀珠是广东番禺人，1926 年加入中国共产党。1929 年她受党委派，和罗登贤同在中共江苏省委工作，罗登贤任省委书记，周秀珠任妇委会委员，为了共同的理想，他们结为革命伉俪。

7 月 11 日，大会胜利闭幕。新当选的中共中央总书记向忠发致闭幕词，苏兆征、周恩来发表了讲话。大会号召全党对外战胜帝国主义、军阀、资产阶级、地主豪绅等一切反动势力，对内清算陈独秀的右倾机会主义路线，批判了瞿秋白的“左”倾盲动主义路线，以及一切不好的倾向，在列宁的伟大旗帜下，完成中国革命和世界革命的任务。

中共六大闭幕以后，中央政治局委员、中央职工运动委员会书记、中华全国总工会委员长苏兆征受中央委托，留在莫斯科，和瞿秋白、周恩来、张国焘、王若飞等一道，代表中国共产党出席了 7 月 17 日至 9 月 1 日在莫斯科职工联盟大厦召开的共产国际第六次代表大会，以及中国共产主义青年团第五次代表大会，同时应邀参加农村工会国际代表大会。繁忙的工作让苏兆征积劳成疾，后来组织上决定送他到苏联克里米亚疗养。

在这个时候，中央任命罗登贤代理苏兆征领导全国工人运动。历史在火热的夏天，把对革命充满激情的罗登贤推到了领导革命运动的最前沿。

站在领导全国工人运动的新的领导平台上，罗登贤的思考也更加深入和开阔。1928 年 8 月 10 日，在中共中央机关刊物《布尔什维克》第一卷第二十五期上，发表了罗登贤撰写的《最近城市工人运动之开展》一文，对当前城市工人运动进行了思考：“资产阶级的民权革命要在无产阶级领导下才能完成。一县或一省政权的争夺，也要在城市工人阶级的领导下才能巩固和扩大其胜利。工人阶级在土地革命的过程中肩负了重大的使命，去年广州暴动就是一个明显的例证。”他还号召全国工人阶级团结一致，肩负历史赋予的重大使命。

从进入太古船厂学徒的那一天起，罗登贤就目睹了资本家对工人的残酷剥削和压迫。资本家为了获取利润的最大化，根本不管工人的死活，工人们往往是从早上上班，一直干到晚上下班，一连十几个小时，根本没有休息的时间，有时还被工头无情地痛打，而拿到手的工资，和自己付出的劳动根本不相称，只是很少的一部分，只够勉强糊口。

都说天下乌鸦一般黑，无论是外国资本家，还是国内的资本家，他们的反动实质是一样的。他们常常巧舌如簧，说平时工资发得少，是为了到年终进行一次性分红。为了戳穿国民党反动当局剥削工人的花招，11 月 1 日，罗登贤在《布尔什维克》第二卷第一期上，发表了《反革命统治下之最近职工运动概况》，对国民党反动派所谓的分红进行了无情的揭露。文章指出，工人阶级当前的任务是加强、巩固和扩大工会组织，和国民党反动派及其走狗、工贼、流氓等组成的御用工会作坚决的斗争，让工人们自己选出工会组织，不能让反动分子混迹进来，在必要的时候，要组织工人为自己的合法权益进行斗争，要争取集会、结社、言论自由和罢工自由的权利，让工人们减少上班时间，提高工资标准，改善生活水平，坚决反对对工人的任意开除，恢复大革命时期工人阶级所争得的一切权利。

这篇战斗的檄文一经发表，立即在工友中引起了强烈反响。这也让罗登贤深深认识到，在开展工人运动的过程中，一篇文章的战斗力，有时能胜过血腥的战斗，它不仅能沟通思想、提振士气，还能让大家知道善恶的根源在哪里。只有通过斗争，才能让自己的生活发生改变。

在罗登贤的提议下，中华全国总工会机关刊物《中国工人》于 12 月 1 日复刊。《中国工人》复刊后，成为宣传党的方针、政策的主阵地，成为领导工人进行革命斗争的新舞台，为报道各地工人运动，交流各地开展活动的信息，进一步推动各地工人运动的开展起到了积极的推动作用，一批共产党工人运动的领导人在《中国工人》上发表文章，阐明自己的思想、立场和观点。

罗登贤为《中国工人》复刊号撰写了卷首语：

《中国工人》是中国工人阶级的革命先锋，是全中国工人的灯塔。现在中华全国总工会把这座灯塔重新建立了起来，使全国工人在黑暗的世界可以得到一线光明，这是再好没有的事了。

罗登贤上过两年私塾，在做学徒时又十分注意学习，加上这些年来参加斗争的磨砺和经受战斗的捶打，特别是在和许多党的领导人的接触中，他不仅仅是在识文断字上有着明显的进步，在思想上也有了质的提高。所以当他身居领导中国工人运动的岗位时，自然，也能挥洒自如地用准确的文字表达自己的革命理想。

在革命的匆忙脚步中，岁月又不知不觉地翻了一页。秋去春来，风云激荡，一个个革命者总是用自己炽热的身躯，捍卫着理想，也捍卫着尊严。

1929 年 2 月 20 日，在上海料峭的春寒里传来中华全国总工会委员长苏兆征病逝的噩耗。苏兆征是中国工人运动的杰出领导人，他的离世是全党的重大损失。在他去世的第二天，中共中央政治局发出通告，号召全党同志要继承他的遗志，奋斗向前，将他的“大家努力，达到革命的胜利”的遗愿永远牢记在心里。

听到苏兆征去世的消息，罗登贤心里十分震惊，一行泪水从他的眼角流下。从认识苏兆征的那一天起，他就在苏兆征的身上看到了勇敢正直，看到了在漫漫革命征途上所展现的领导者的风范和气节。在他的心里面，苏兆征不仅是他革命的导师，也是他人生的导师。他自始至终地认为，是苏兆征把他引上革命的道路，让自己在风云变幻的革命征途上得到了锤炼，得到了成长。

在罗登贤心里，苏兆征就是一个传奇，他的成长历程，坚定着罗登贤前行的脚步。

1925 年入党的苏兆征，在同年 5 月召开的第二次全国劳动大会上当选为中华全国总工会的执行委员。上海五卅惨案发生后，罗登贤在苏兆征和邓中夏的带领下，参加了举世闻名的省港大罢工。在罢工斗争风起云涌的时候，罢工工人被苏兆征非凡的领导力所折服，推举苏兆征为罢工委员会委员长，兼财政委员会委员长。后来，苏兆征在全国海员第一次代表大会上当选为总工会执委会委员长，领导广大工人与帝国主义及其反动阶级进行斗争。后来，苏兆征被选为全国总工会执委会委员长，成为全国工人所拥戴的领袖。

1927年“四一二”反革命政变后，苏兆征在“八七”会议上和瞿秋白、李维汉一起被选为临时中央政治局常委，成为党的核心领导之一。在莫斯科期间，苏兆征出席了党的六大，仍当选为中央政治局委员、常委。苏兆征不幸病逝后，中共中央政治局向全党发出悼念苏兆征的通告，指出：苏兆征同志在工作中，充分表现了无产阶级的艰苦卓绝精神和坚决的政治意识，他的革命精神，是全党的模范，全党要学习苏兆征的革命精神，向前奋斗。

从苏兆征的革命历程中，从他坚定的脚步里，罗登贤看到了自己的革命导师在风起云涌的革命浪潮中所表现出来的坚定的革命信仰。

1929年3月4日，中华全国总工会对苏兆征的病逝发出《关于苏兆征同志病逝告各级工会》的通告，通告说：

本总工会委员长苏兆征同志，因劳致疾，遂致一病不起，与世长辞了！他的死，不独是我中国工人的不幸，也是世界工人阶级极不幸的事！他现在是死了，他的精神，是永远影印于我们工人阶级的脑中，他未完成的伟大的革命事业，都放在我们每一个工人的肩上。未死的我们，应当继续他遗留给我们的革命使命，勇往前进。我们为了永远地纪念站在我们的前面、领导革命而逝世的领袖，特定2月20日——苏同志逝世的日子，为我们工人阶级永远的纪念日。这天我们要召集群众大会，去纪念他，要把他生前的精神，传达到每一个工人的血球里面去，使他们以兆征同志的意志为意志，在革命的征途上加倍努力！苏委员长死了，他的身后极为萧条，寡妻幼子，无以教养，本总工会为抚恤孤寡起见，特令各级工会，在工人群众中，为苏委员长家属实行募捐。应捐的数目不定多少，只要是群众的志愿，本着爱护群众的热忱，一文一角，集腋成裘，当能救济他家属暂时穷困于万一。各工会接到此通告，应即举行在群众中募捐，募捐的款，由各工会交送全总，以便汇赠其家属。望各工会注意，切实执行此项决定。

这份通告由罗登贤亲自审定，体现了中华全国总工会对苏兆征逝世的痛惜哀婉，也体现了罗登贤对苏兆征的殷殷之情。

苏兆征逝世后，中央任命罗登贤为中华全国总工会委员长，项英为中共党团书记，罗章龙为秘书长。这一年，罗登贤正好二十四岁。

担纲中华全国总工会委员长，在正好的年华里，罗登贤意气风发，肩负着党的重任，大力促进各地工人运动的开展，开始书写新的人生。

1929 年 5 月，素有工人运动传统的开滦五矿工人为了揭穿国民党反动派宣扬的阶级和平及劳资妥协的伪善面具，向资本家提出增加工资、改善生活和工作环境的要求。申诉的结果果然在工人们的预料之内，资本家提出的阶级和平，其实就是要让工人安于现状，无条件服从他们的管理。关于改善生活和工作环境，提高工资，更是水中之月、镜中之花。资本家制定的工作标准和每天所要完成的工作量，工人们就是不吃不睡也是不可能完成的。为此，在和资本家进行谈判之时，在工会的领导下，工人们已经着手罢工的准备。

罢工开始后，开滦五矿本来喧嚣的工作场面，一下子安静了下来，有的工人聚集在井口，有的工人堵住了五矿的大门，不让人员和车辆进出。

对于罢工，开滦五矿的工人是有经验可以借鉴的。早在 1922 年 10 月，他们就举行过五万多名工人参加的声势浩大的反帝总同盟罢工。

开滦五矿创办于清朝末年，曾是中国规模最大和最早采用新式技术开采的煤矿之一。开始由中国官僚资本家创办，后来被英国资本家所控制。在这个被外国资本家标榜为“新式企业”的矿山里，几万名矿工每天劳动时间长达十六小时，工伤事故频繁发生，每年被绞车轧死的就有四百多人，这地狱一般的生活，让他们的生命安全失去了保障。对于资本家的欺侮，工人们内心深处积攒的反抗怒火，就像井下集聚的瓦斯，随时都可能被引爆。

为此，中国共产党先后派出邓中夏、彭礼和等人到唐山工人中间进行宣传、组织和发动工作。1922 年 10 月，由开滦煤矿的工人代表向资方提出增加工资、改善待遇等要求。就在这些最基本的要求被拒绝，谈判代表还被蛮横地扣留的时候，在中国劳动组合书记部特派员彭礼和以及共产党员王尽美、邓培等人的指挥下，23 日这一天，开滦五矿开始实行总同盟大罢工，五万多名工人开始了行动一致的反帝斗争。这次罢工引起了外国资本家和中国反动当局的恐惧。反动军阀曹锟派出了一个师的兵力前来镇压，英国的康克斯来福枪队也参与到了血腥镇压之中，五十多名工人被打死和打伤。罢工一直持续了二十多天，工人们不屈不挠的斗志，在工人运动史上留下了光辉的篇章。

对这支有着光荣历史的工人队伍，罗登贤充满着崇敬之情，他知道，作为工人运动的发源地之一，开滦五矿传承的不畏艰险不怕牺牲的精神，就像血液，汩汩流淌在中国工人的血管里。

为了发动全国各地的工人对开滦五矿的罢工行动进行有力声援，罗登贤以中华全国总工会的名义，起草发表了《为开滦矿工斗争告工友书》。罗登贤的这篇文章，充满着战斗的精神，给全国工人以巨大的鼓舞。他写道："这个斗争不仅关系五矿工友的胜利和失败，而且还要影响到北方的几十万产业工人的斗争，还与全国工友的阶级战线都有密切的关系。强调五矿工友的行动将成为目前中国工人反抗帝国主义与中国国民党反动统治伟大斗争的响号呵！"他号召全国工友们："你们应一致奋起援助他们，拥护他们的罢工，参加他们的斗争，帮助他们从帝国主义手中夺取最后的胜利！"

站在中华全国总工会领导者的角度，罗登贤在这几行简短的文字里，已经将自己的理想和追求、胸襟和才情展露无遗。一个革命者，除了要有一腔热血，还要有永不枯竭的斗争激情和必胜的信念。

1929年6月，上海三千多名码头工人，因面对国民党上海市党部下属的码头“工整会”的剥削压迫实在忍无可忍，决定于5日举行抗议罢工。经过组织和动员，太古、招商、日清、开滦、三北等各码头工人率先起来罢工。黄浦江畔，所有的吊车停止了装卸，所有的船舶也熄火停泊在码头上，以往装卸工人扛着大包小包上船下船装卸的场景，也一下子安静了下来，整个上海的航运顷刻间陷入了停顿。

安静下来的码头上，工人斗争的声浪却比黄浦江的浪涛更加汹涌。罗登贤和全国总工会的领导们一起来到码头，和大家商讨这次斗争的策略。

上海是中国工人运动的大本营，1925年的五卅运动，使中国工人运动进入了一个新的发展时期。

在码头上，罗登贤穿着短袖，站在工友们的中间，强烈的阳光照在他的身上，让他的脸和臂膀呈现出古铜的色彩。此时，江风微微地将他的头发吹起，英朗的神情里显现出自信。他跟工友们说：“这次码头工人的斗争绝不是码头工友一方面的事，而是全上海工友对所受帝国主义、资本家长期压迫、剥削的反抗！是上海工人群众长期在国民党、工贼、走狗欺骗下一个觉悟的反抗！如果这次斗争胜利了，就可以削弱敌人的威风，增长工人的势力。”

在罗登贤和中华全国总工会的激励下，上海的码头工人罢工取得了最后的胜利。

无论是居高而呼领导全国工人开展工人运动，还是在罢工斗争中进行具体指导，罗登贤始终以一个共产党员的革命锋芒，展现出一个工人领袖的风采。

1929年6月25至30日，中共第六届中央委员会第二次全体会议在上海召开，会议对六大以来的各项工作进行了全面总结，还提出了进行土地改革、坚持游击战争、扩大苏维埃区域、建立工农红军，以及纠正非无产阶级意识、加强公开和保密工作等诸多紧迫任务。通过了《关于中央政治局工作报告的决议》《政治决议案》《组织问题决议案》

《宣传工作决议案》《职工运动决议案》等文件。罗登贤出席了这次会议，并递补为中央政治局委员。恽代英被补选为中央委员。

参加完会议，罗登贤根据六届二中全会精神，重新规划了中华全国总工会的工作计划。他提出，中华全国总工会应该坚持集体领导下的合理分工，常委会则应该实行每周一次的例会制度。同时，还应该对第五次全国劳动大会的召开做好议案撰写及组织宣传工作。此刻，罗登贤深切地感受到，总工会的领导干部无论在能力上还是在数量上，都要有切实的提高和补充，于是他决定在上海开办工会干部培训班，首先对上海铁路和铁厂工会干部开展轮训，确保把工人运动的开展落到实处。

7 月 11 日，中共中央给中共驻共产国际代表团写了一封信，其间根据罗登贤的报告，涉及工人运动的工作。信中说：

还有一更严重的干部恐慌，便是职工运动人才的缺乏。自然这种人才根本上须从实际工作、实际斗争中不断地训练出来，有职工运动经验的同志，党也急迫需要他们回来，因为这些过去的经验是帮助加强党的工运的一个力量。现在我们要代表团速调邓中夏、蒋之青等速行回国，如这样的人至少要十人。

其实，身在莫斯科的邓中夏也一直没有停止对中国工人运动的思考。他在 7 月 16 日召开的共产国际第十次执委会第十九次会议上，作了一个关于中国大革命失败以后的中国工人运动的发言，他认为虽然大革命失败了，但工人阶级的斗争并没有停止。在发言中，他批判了汪精卫、陈公博鼓吹的民族改良主义论调以及党内对于黄色工会的两种倾向。他认为在党内，一类患有“左派幼稚症”，坚决拒绝在被资本家和反动政府收买的黄色工会中工作，使我们不能掌握工厂委员会的领导权，不能和黄色工会进行对抗；另一方面，我们在克服强迫罢工等盲目倾向时，要等待合法机会再开展工作的论调却多了起来。

他认为，只要党内保持足够的信心，一旦斗争开展起来，工人群众必然跟党站在一起。他还建议，共产国际和红色工会国际，在全会闭幕之后应该马上给中国共产党发专函，就工会问题给予明确指示。

邓中夏的建议得到了共产国际执委会的采纳，8 月份即通过了《共产国际执委会关于中国共产党在工会中的工作的决议》，要求中国共产党采取一切措施，恢复红色工会的活动，使红色工会真正成为群众性的组织，此外还应该在黄色工会和国民党工会中开展工作，以争取更更多的群众。

邓中夏关于中国大革命失败以后对工人运动思考的讲话和共产国际通过的关于党在工会的作用的决议传到国内以后，罗登贤立即组织中华全国总工会的工作人员进行了学习讨论，之后，还把学习要点传报到全国各省级工会，让他们在活动开展时参考执行。

春去秋来，转眼上海又进入了深秋，路边梧桐已由绿转黄，大自然呈现出了丰硕醇厚的怡人姿态。

11 月 7 日，中华全国总工会在上海召开第五次全国劳动大会，大会由罗登贤主持，共有二十九名代表参加会议。大会共开了三天。会上，通过了《中华全国总工会斗争纲领》《工会组织问题决议案》《工农联合决议案》等十二个决议案，以及《告红军将士书》《致赤色职工国际及世界各国工人书》等十三项电文。大会还选举产生了中华全国总工会第五届执行委员会，选出执行委员二十七人，候补执行委员十八人，常委七人，项英当选为执行委员会委员长，罗登贤和项英对调，改任执委会中共党团书记，林育南为秘书长，一直关注着国内工人运动发展的邓中夏尽管远在苏联，仍然被选举为执委会委员。作为中华全国总工会的党的最高领导，罗登贤继续向前推进全国工人运动的开展。

革命就是一个熔炉，每一个革命者要使自己成为一锭好钢，不仅要经过斗争的熔炉的冶炼，还要经过血与火的淬炼。

罗登贤在中华全国总工会委员长的重任上，没有辜负党对他的期望，他不仅把自己锻造为一锭好钢，还将全国的工人组织团结在一起，成为反对帝国主义和国民党反动派的坚不可摧的力量。

一团火，只有在风雨之中，火焰才更加耀眼；一个革命者，也只有在革命低潮的时候，才能体现更强大的能力和魄力。在革命的道路上，今天的罗登贤，已经从一个充满激情的革命青年，成长为统领大局、胸怀韬略、信仰坚定的有着一定理论修养的马克思主义者。长风当歌，罗登贤为中国工人运动所做的这一切，为推动党领导的工人运动写就了光辉篇章。

第九章
风雨如磐，潮落潮起

在中共六大之后，中央任命罗登贤接替苏兆征担任中华全国总工会的委员长，并将工人干部提拔到党的各级领导岗位上来，执行了六大提出的组织路线。就在罗登贤率领着全国工人如火如荼地开展革命运动的时候，中共中央还有一份任命名单同时摆在了罗登贤的面前。

1928 年 7 月 17 日，中共中央通过了江苏省委的候选名单，在常委的名单中，有罗登贤、何孟雄、马玉夫、徐炳根、徐锡根、王克全等人，另外，庄光明、吴振鹏、陈竹平、陈资平等为候补常委。为加强工人阶级对党的领导，中央还任命中央政治局候补委员罗登贤为江苏省书记，徐锡根为候补书记，何孟雄为农委兼军委委员，徐炳根为上海总工会主任。

有意思的是，中央任命下达以后，在罗登贤担任省委书记的问题上，遭到了江苏省委原来一些领导人的反对。他们认为罗登贤长期在香港、广东以及中华全国总工会工作，对江苏的情况缺乏了解，当前斗争形势比较严峻，江苏省委的主要领导人，还是应该由熟悉江苏工作的，同时也是工人出身的中央政治局候补委员徐锡根同志来担任。为了维护大局，中央经过反复考虑，在批评了江苏省委地域观念作祟后，还是采纳了江苏省委的意见，决定罗登贤不担任书记，但仍兼任江苏省委常委。

对这次江苏省委抵制中央对罗登贤的任命，罗登贤从大局出发，仍然以积极的态度投入到全国总工会和江苏省委的日常工作之中，表现出了一个共产党员服从命令、听从指挥的使命意识。

徐锡根是江苏无锡人，大罗登贤两岁，也是中国共产党早期领导人，早年在无锡和上海领导工人运动。在中共六大上当选为中央委员、中央政治局常务委员会候补委员，后来担任中共江苏省委兼上海市委书记。1931 年，在六届四中全会上当选为中央政治局委员。1932 年被捕变节，叛变革命，改名为冯琦，担任国民党中央调查统计局委员兼高干会主席。1937 年，任浮梁县县长。1940 年，担任江西省政府特工委主任，致使中共南方工委人员悉数被捕，其中包括廖承志、张文彬、涂振农、郭潜等人。1944 年，任江西省工联会主任。1945 年，为江西浮梁区行政督察专员。1948 年秋，任江西省第五区行政督察专员兼保安司令，后逃往台湾。

大革命失败以后，被国民党反动派疯狂镇压的上海工人运动在党的领导下逐渐得到了复苏。无论是在广东还是在上海，无论是参与港粤罢工和广州起义的领导，还是将全国工人运动引向深入，罗登贤匆忙的脚步，成为一个革命者在追寻革命理想的斗争中，向着真理前进的一个缩影。

1928 年秋，上海邮务工人举行罢工，要求资本家承认工会，缩短工作时间，改善生活待遇。邮务工人罢工开始后，上海全市的邮务工作一下子瘫痪了下来。本来，罢工一直在朝着罢工前制定的方向在走，但后来，中央的直接介入，导致江苏省委对这次罢工消极领导，加上国民党上海党部采取欺骗手段，诱骗工人先复工后谈判，最后导致罢工失败。

罢工失败后，罗登贤写了一篇《上海邮务工人复工以后》的文章，发表在 1928 年 11 月 27 日的《红旗》第二期，文章中说：

邮务罢工的结束，是全国工人运动的前途与趋势再进到一个新阶段的象征。如果有人说邮务罢工既被反动的国民党欺骗了复工而失败，上海工人运动因这个打击而有消沉的状态是绝对不正确的。工人阶级只有斗争才是自己的出路！

邮务工人罢工结束后，国民党中央执行委员会以一种胜利者的姿态，骄横地发表了《告诫全国工会工人书》，悍然对工人罢工进行全面禁止。看到这种情况，罗登贤振臂而起，奋笔疾书，用《国民党的〈告诫工人书〉》进行反驳：

工人罢工要得资产阶级的许可，不是与虎谋皮吗？这是代表资产阶级的话，非常好听，但完全是欺骗的。

工人阶级最后的出路，只有用武装暴动，推翻豪绅资产阶级的统治，建立工农兵代表会——苏维埃政权，才能获得一切的自由。

1928 年 12 月初，入冬后的上海寒意浓浓，但上海法商电车、电灯、自来水公司等企业的工人，决定为了减轻工作负担，提高工资待遇，再次进行罢工，根据上次罢工失败的教训，以推动江苏省委的工作，中央决定由党中央、团中央、中华全国总工会、上海总工会和江苏省委等联合组成新的委员会，领导这次罢工。行动委员会由罗登贤、李富春、马玉夫、蔡振德、胡光明组成，李富春任主席。

12月6日，李富春代表中央主持了行动委员会召开的扩大会议，与会者还有罗登贤、李立三、康生、徐锡根、何孟雄、吴振鹏、王克全、徐炳根、项英、陈资平等。会议根据中央政治局的决定，将这次罢工统一由行动委员会领导指挥。江苏省委误解了中央的决定，认为中央代替江苏省委领导罢工，不利于今后工作的开展。

对于这次罢工的组织和安排，中央是十分重视的。由于国民党工贼的破坏和党的力量薄弱，上一次罢工以失败告终，这让中央认识到，江苏省委、上海市委及各区委领导班子的建设，就变得十分必要。为此，中央派出了巡视员，对江苏省委的组织工作和工会工作进行了巡视，根据巡视结果提出了两个解决问题的办法：第一，中央对省委直接领导，撤消江苏省委和上海市委，将现有的省委干部分到下面的区委，再从别的地方调几个同志进入区委班子，加强对区委的建设；第二，中央不对省委做具体领导，而是调一部分人进入省委班子，同时将省委现有的一部分同志分派到各区。会议的结果是，中央政治局决定派李立三协助江苏省委、项英协助上海市委、罗登贤协助上海各区委等领导工作。

当巡视组拿出这两个方案时，遭到了江苏省委的强烈反对。江苏省委没有通过正当的渠道向中央报告自己的不同意见，而是违反组织纪律，将上海各区委的负责人召集起来，错误地传达江苏省委与中央的纷争，散布了很多关于中央不根据下面的实际情况、独断专行等不利于团结言论，导致了中央和江苏省委的矛盾公开化。

事情陷入了僵局。这时中央组织部长周恩来刚从北方解决“顺直问题”回到上海，对江苏省委关于中央的态度，他感到震惊又忧心忡忡。于是，他代表中央做江苏省委的工作，同时召集在沪各省代表开会，进行座谈，以全党的名义批评江苏省委关于中央意见的执行态度，认为江苏省委是脱离了政治路线的非组织行动，是别有用心的派别问题，是违反组织原则的方向性错误，是很严肃的政治问题。

中央和周恩来对江苏省委的严肃批评，其实是要每一个革命者都要以党的利益为重，只有团结起来，才能在把革命工作引向深入时，对自己、对同志给予最好的保护。

十里洋场的上海是中国最繁华的都市，也是江苏省委所在地。早在 1927 年 6 月，中央就撤销了中共上海区执行委员会，成立中共江苏省委兼上海市委，领导江苏和上海地方工作。从江苏省委成立以后，在短短的时间里，根据工作需要，陈延年、赵世炎、王若飞、邓中夏、项英、李富春、徐锡根等先后担任江苏省委书记，其中赵世炎、王若飞、李富春为代理书记。复杂而残酷的政治斗争让他们随时面临被逮捕的危险和生死的威胁。

周恩来动情地说，中央这次对江苏进行组织关系的调整，不仅仅是为了让党的工作更好地开展，更重要的还是要让我们的同志团结起来，以免使党的利益遭受重大损失。

对江苏省委所犯的严重错误，中央作出了号召全党进行大讨论的决定，目的是为了教育全党同志，肃清党员干部间非无产阶级的意识、路线和方法，以保持党组织的战斗性和纯净性。

在这场批判中，罗登贤、彭湃以及正在上海的杨石魂等人为维护党的团结，也都从不同角度表明立场，对江苏省委背离中央的做法进行了严厉批评。彭湃是农民运动领袖，汕尾海丰人，1924 年就加入了中国共产党，1927 年 10 月在广东海陆丰地区领导武装起义，建立了中国第一个农村苏维埃政府——海丰、陆丰县苏维埃政府，在民主革命时撰写的《海丰农民运动》一书成为从事农民运动者的必读书目，毛泽东称他为“农民运动大王”。杨石魂是广东普宁人，也是 1924 年加入中国共产党。大革命失败后，他与汕头堤围领导一起组织普宁和各地农民举行武装暴动，南昌起义失败部队撤退到潮州、汕头后，他还亲自将周恩来、叶挺、聂荣臻等人安全护送到香港。他有着长期从事宣传工作的经历，1928 年底，在中共广东省委常委负责宣传工作，并兼任农委书记，后被党中央调至上海工作。

通过中央和党内同志的批评和帮助，江苏省委在深刻反省后表示，坚决拥护中央的权威，承认错误，接受中央关于“改组省委，加强区委”的方案。

于是，中共中央于 1929 年 1 月下旬决定对江苏省委进行改组，派罗登贤、任弼时、李维汉、彭湃、陈云、金维映等六人组成新的常委会，罗登贤担任书记，任弼时担任宣传部长，李维汉担任组织部长，彭湃担任农委书记兼军委书记，陈云担任外县工作委员会书记，金维映担任妇女委员会书记。原江苏省委的领导班子也进行了调整，原省委书记徐锡根改任工委书记，原省委常委赵溶任秘书长，李富春则调任上海法南区委书记，何孟雄分配到沪东区委工作。

新的江苏省委机关就设在恒丰里 104 号，这是一幢砖木结构三层楼石库门新式里弄住宅。住宅在四川北路和山阴路交汇的一大片建筑群里，这片建筑群是由四达里、恒丰里和恒盛里三条弄堂组成的。这三条里弄的建筑式样大抵相仿，基本都是清水红砖的三层楼房，总共三百多幢房子；弄堂之间的小巷似纵横阡陌，四通八达，就像迷宫一般，如此隐蔽的地理位置，在充满白色恐怖的上海给予了党组织最好的保护。

罗登贤就任省委书记之后，便开始细致缜密地工作。首先他抓好两个会议，一个是每天一次的省委常委会，一个是每周一次的上海各区委书记和党团书记联席会议。每天一次的省委常委会一般在晚上举行，会上，大家将一天下来处理工作中的问题进行通报，其中一些重大的问题，依靠集体的智慧推进解决。联席会议通常在下午举行，会上，一般先由各区委书记进行工作汇报，然后与会者根据提出的问题展开讨论，形成解决方案。另外，常委会还形成决议，对常委进行联系分工，每个常委都与上海的各区委有定点联系，确保基层的工作方向和省委保持高度一致。

1928年12月17日，在汉口同德里附近发生了一起日本海军陆战队炮车轧死武汉黄包车车夫水杏林的案件。野蛮的日本兵轧人之后狂笑着扬长而去，这件事激起了武汉市民的愤怒。事实上，富有斗争精神的武汉市民对日本军队在中国大地上横冲直撞、飞扬跋扈的强盗行为早就强压着怒火，这样一来，市民们心中的火焰就被点燃了，他们决定以斗争的形式让反抗的火焰烧得更加猛烈。

1929年1月8日，武汉江面上波涛汹涌，汉口工人决定封锁日本租界，举行对日罢工。

第二天，罢工正式开始。三千七百多名受雇于日本企业的工人在工会的组织下，全部加入到罢工行列中来了。罢工开始后，日本企业的机器全部停止了运转，陷入停工的状态，但工人们对帝国主义的民族情绪激情高涨。此时，为了笼络人心，武汉国民政府和南京国民政府都对这次罢工表示了支持，对罢工的声援也迅速在全国波及开来。

消息传到上海，罗登贤立即召开江苏省委常委会议以及上海各区党团负责人会议，要求各地立即组织工人和群众策应武汉，在江苏和上海举行针对日本帝国主义的罢工。罢工开始后，上海和苏南的日本企业也和武汉一样，陷入了停顿状态，使日本的资本家恐慌了起来。后来，他们和国民党反动政府暗中勾结，利用法租界巡捕对罢工工人进行抓捕，日本兵还逮捕了带头罢工的水杏林的哥哥水裕林，导致武汉和上海、江苏的罢工行动失败。

对于这次罢工的失败，中央政治局于1929年1月18日举行会议，研究汉口由水杏林案引起的对日罢工的问题。罗登贤在发言中指出，这次罢工失败，主要还是武汉和南京的国民政府耍两面派手腕造成的。他们表面上积极支持武汉工人的罢工以及全国工人的声援活动，但当看到工人运动的浪潮越来越大，将来可能淹没他们的时候，他们胆怯了，害怕了，暗地里就和法租界巡捕乃至日本人勾结，企图通过帝国主义的暴力之手对工人运动进行血腥镇压。这是彻头彻尾的懦夫行为，今天有，今后也一定会有，共产党及全国总工会在开展革命运动时应该保持高度的警惕。

散会之后，罗登贤认为应该将会上的发言形成文字，对国民党破坏工人罢工的反动行径进行深刻的批判，他挑灯夜战，连夜赶写出《国民党又出卖了法水电工友罢工》以及《汉口水案与国民党》两篇文章，先后发表在《红旗》第八期和第十一期。其中写道：

> 工友们：要改良自己的生活，解除目前的痛苦，只有依靠自己的力量进行阶级斗争。我们应当戳穿国民党的欺骗、仲裁，以及直接和资本家谈判的伎俩。工会应该由工人自己管理，驱逐国民党委派的走狗为把持工会的指导员。工会要严密下层组织，监督领袖，与防止其妥协，巩固工人群众自己的力量，这是我们目前的要求。当然根本的出路，只有推翻国民党的统治，建立工农苏维埃政权。

冬天转眼间就过去了，江南的柳梢上，早已吐出了新芽。明媚的春光里，江苏省委的工作在罗登贤的主持下，正有声有色地次第展开。

为了使中共六大决议得到深入贯彻，筹备召开江苏省第二次党代表大会，1929 年 3 月 19 日，罗登贤主持召开了江苏省委扩大会议。江苏省委、上海市委以及上海各区委、外县各特委共十九人参加了会议。为开好这次会议，中央派周恩来、李立三、项英与会进行指导。罗登贤、游无魂、徐锡根、毛春芳等组成大会主席团。

会上，李立三代表中央作了《党的第六次大会经过及目前政治报告》。介绍了六大通过的关于政治、军事、组织、苏维埃政权、农民、土地、职工、宣传、民族、妇女、青年团等问题的决议，以及经过修改的《中国共产党党章》。同时阐明了党对中国革命的特点、中国革命的中心问题、中国革命的敌人、党的工作重心等问题的具体认识。

罗登贤代表江苏省委也作了工作报告。报告总结了过去一段时间江苏省委在组织建设、党的宣传、政治斗争等方面的工作开展情况，从理论联系实际的角度对存在的问题进行了剖析。

这次会议还有一项重要的议程，就是为筹备召开江苏省第二次党代表大会做准备。为此，会议决定成立政治任务和策略路线、组织工作、宣传工作、职工运动、妇女运动、上海工作方针、共青团工作、农民运动、全省代表大会计划等决议草案的起草委员会，确保会议顺利召开。

上海是十里洋场，在这灯红酒绿的繁华世界里，很容易消磨革命的意志，将党的工作放在一边，同时让个人主义作风蔓延。于是，防微杜渐，就成为江苏省委在加强组织建设中必须要强化的一项工作。7 月 7 日，罗登贤以江苏省委的名义，向江苏的党内同志发出了《关于严格执行党的纪律》的通知，对每一个党员提出要求，要求大家团结在党支部的周围，积极为党工作，对那些在革命活动中犹豫懈怠的同志，要及时帮助他们纠正错误，必要的时候要采取组织措施，对其进行教育甚至处理。

罗登贤心想既然中央派自己到江苏来工作，就一定要把工作干好。过去在香港和广东工作时，大多数同事都是和自己一起并肩战斗、共同成长的工友，因而工作起来非常顺手。到江苏之后，由于江苏省委的前任领导在工作中乡情情结比较重，所以在江苏省委内一直有排他的人为因素给工作造成负面的影响。他想，只有严肃纪律，才能保证各项工作顺利展开。

要严肃纪律，罗登贤首先想到了铸魂教育。7 月 15 日，罗登贤主持召开江苏省委扩大会议，决定成立“八一”行动委员会，纪念南昌起义两周年。在罗登贤心里，南昌起义的火炬不仅照亮了中国革命的前程，还让他的革命意志更加坚定。行动委员会由罗登贤、周恩来、徐锡根、项英、温裕成、刘民复、顾作霖、金伯棠、陈鸿、李震瀛、徐大林、李林组成，罗登贤、周恩来、项英组成主席团，罗登贤担任书记，对纪念活动全面负责。在会上，还决定迅速恢复和发展江苏、上海的党组织和群众组织，将工人运动再次推向高潮，在秋收到来之时把斗争的导火索引向农村。

为对会议精神进行贯彻落实，罗登贤和任弼时、李维汉、徐锡根深入上海的英电、法电、丝厂、怡和纱厂等具有罢工传统的企业，组织工人进行罢工，努力恢复遭受摧残和打击的上海工人运动。在上海，那手举旗帜、喊着口号的壮观的游行队伍，不仅让沉默的工人懂得了斗争和反抗，还像春风，给中国革命带来希望。

8月1日，纪念南昌起义两周年的集会如期举行。这一天，江苏省委发表了《八一纪念告江苏工友书》。在集会上，罗登贤面对工友和群众，慷慨地说道："上海的工人过去是全国工人运动的先锋，今天和将来，也应该成为标杆和榜样。我们的工人只有成为全国民众的引领者，中国革命的高潮才能到来，中国革命才能取得最终的胜利。"

罗登贤的讲话，在集会工人中产生了巨大的影响。在当时，由于被白色恐怖笼罩，江苏和上海的货物非常紧缺，物价飞涨居高不下，即便这样，国民党反动当局和资本家依然没有减轻对工人的剥削和压榨，加上蝗灾严重，自然灾害接踵而至，农民收成大减，城乡人民都生活在穷困潦倒之中。为了生存，一些地方自发成立大刀会、小刀会，利用夜色作掩护，开展武装斗争。

为在秋收到来之时将武装斗争组织好，罗登贤指示江苏各地，务必在秋收到来之时，做到切实的布置和落实。8月9日，江苏省委发出《关于秋收斗争问题》的通告，对在秋收之时开展斗争应该考虑的策略以及斗争的方法都作了具体的指示，通告中写道：

> 今年的秋收斗争，应该是江苏土地革命的开始，是农村斗争的动力。在今年的秋收斗争中，不仅要扩大党在农村的组织，有系统地在农民中建立革命组织，同时要组织武装，建立游击队，为开展武装斗争、建立红军做好准备。

明晰的思路，体现了罗登贤的胸怀大局。对于他来说，一个革命家的胸怀和胆魄，应该在大与小之间，体现出真正的革命者的价值取向。

8 月 15 日，江苏省委召开常委和候补常委的联席会议，罗登贤转达了中央政治局的决定，根据工作需要，调彭湃和张少卿去中央，调李富春和叶守信到江苏省委。

但是这次工作人事变动，让党遭受了重大损失。

彭湃是中央农委书记，兼任江苏省委常委和省军委书记。 8 月 24 日，他在上海沪西区秘密召开江苏省军委会议时，突然，英租界工部局巡捕房的几辆红皮钢甲车风驰电掣而来，会场被武装巡捕包围，彭湃和参加会议的中央政治局候补委员、中央军委委员兼江苏省军委委员杨殷，中央军委委员颜昌颐、邢士贞等同时被捕。

在监狱中，彭湃他们利用各种机会向难友们宣传革命的理想，同时还和看守话家常，争取他们的同情。 终于，有一个看守愿意为彭湃传递消息，彭湃终于与党组织取得联系。 8 月 30 日清晨，他与杨殷向党中央写了第一封信，报告狱中的情况，并提出营救的多种设想，如尽量设法做到五人都免除死刑，如果这一条做不到，就牺牲有口供的彭湃和杨殷，保护没有口供的颜昌颐、邢士贞、张际春。 送出了第一封信后，彭湃他们又一次遭受了国民党的酷刑。 中午回到牢间，他和杨殷给党中央写了最后一封信，准备英勇就义。 可当天下午，彭湃与杨殷、颜昌颐、邢士贞就被押赴刑场，执行枪决，壮烈牺牲。 这一年，彭湃年仅三十三岁，杨殷也仅三十七岁。

彭湃被捕的当天下午，中央特科的情报科就通过内线查明，出卖彭湃等人的叛徒就是白鑫。 白鑫是湖南常德人，黄埔军校第四期学生。 南昌起义部队南下时，他随部队撤到广东海陆丰地区，与彭湃领导的农民武装会合后被提升为团长。 1929 年初，白鑫随到中央工作的领导人来到上海，任中央军委秘书。 面对国民党的血腥屠杀，他胆怯害怕了。 一个月前，白鑫向国民党上海市党部常委、情报处长范争波秘密自首，叛变革命，将中共中央和江苏省军委的情报提供给国民党，以换取巨额奖金，并且作为自己今后飞黄腾达的铺路石。叛徒终究没有好下场，在周恩来和中央特科负责人陈赓的布置下，时间不长，白鑫就被项与年和其他特科队员击毙在霞飞路和合坊 43 号范争波公馆附近 71 号的大门边。

在彭湃就义的前一天，罗登贤主持召开江苏省常委会，讨论营救彭湃等人以及当前斗争应该注意的问题。会议决定以江苏省委和团省委的名义发表《反对拘捕彭湃等人的宣言》，同时要求上海工联会和上海的各个区以党团的名义发表宣言，向社会各界报告彭湃等人被捕的经过，号召全社会对彭湃进行营救。

在罗登贤的心里，彭湃和杨殷他们，就是澎湃着的革命浪潮，正是他们咆哮向前的革命姿态，才让中国革命拥有希望和未来。

在会上，罗登贤针对当前严峻的斗争局面，还对目前正在进行的罢工斗争作出了指示，他神情凝重地对大家说："目前斗争日趋激烈，特别是昨天市政工人和丝厂又进行了罢工，烟厂的罢工斗争也在持续地进行，现在，工人们对妥协的黄色工会深恶痛绝，此刻，我们一定要加强党对工人运动的领导，不能有丝毫松懈。"

罗登贤担任江苏省委书记时，收获了幸福的爱情。

新娘周秀珠是中共江苏省委妇委会委员，在莫斯科参加了中国共产党第六次全国代表大会，并当选为中央政治局候补委员。

周秀珠 1910 年出生在香港一个贫困的海员家庭里，刚上了几天学就因为家里实在困难而辍学到纱厂当童工。她十五岁那年，就在香港和广州参加了声援上海五卅惨案的罢工运动，在她的心里，革命的种子早已发芽生根。

周秀珠长得漂亮，性格也是温文尔雅、率真直接，所以很受工友们的欢迎。

1926 年，周秀珠加入了中国共产主义青年团，同年当选为省港劳动童子团联合会的执行委员兼女童部部长。出色的工作能力让她很快得到了组织的认可。同年秋天在加入中国共产党之后，被调到中华全国总工会省港罢工委员会从事女工运动的工作。

工作中勤勉努力，生活里快人快语，作为党内少数的女同志，周秀珠很快得到了培养和重用。1927年周秀珠被中共中央任命为妇女委员会委员兼书记。在中共六大上，被推选为大会主席团唯一的女委员，并在大会上作妇女运动报告，在闭幕式上，还代表全国妇女致辞。

出席中共六大时，周秀珠刚满十八岁。都说十八的姑娘一枝花，周秀珠的美让大会平添了很多愉悦的色彩。她在会下，是个快快乐乐、活泼可人的姑娘；而在会上，她严肃的态度和清晰严谨的表达，让与会者都感到这个姑娘是可塑之才，很不一般。就连参加会议的周恩来和邓中夏，都亲切地称呼她为周小妹。中共六大时，罗登贤根据中央安排没有赴莫斯科参加大会，但是仍然和周秀珠一起，被推选为中央政治局候补委员。

中共六大结束之后，周秀珠被推选为中国共产党出席共产国际六大的代表留在了莫斯科。莫斯科的夏季是最美的季节，但她无暇欣赏红场、莫斯科大学等美景，一心扑在了会议上。8月27日，在共产国际讨论通过殖民地和半殖民地国家的革命运动等一系列问题时，周秀珠阐述了中国革命的特点，她说："中国的革命运动正在进一步展开，共产党的影响力也越来越大，在艰苦的斗争中，新的革命高潮正在到来。"同时她还强调，"中国共产党在平时开展的工作中，应该把反帝运动、工人斗争、农民暴动以及武装起义等结合起来，系统地统筹和安排，要在反对军阀内战和打土豪分田地时，进行必要的游击战术，同时应该建立好自己的根据地，让党以武装起义来推翻国民党的反动统治。"周秀珠鞭辟入里的一席话，体现了她的革命修养，也体现了她对党的事业的深沉思考。

罗登贤和周秀珠决定把婚礼定在5月1日。在他们看来，"五一"国际劳动节是全世界工人的节日，他们都是从船厂和纱厂的学徒开始起步，一步一步走到了今天。其次，工人的节日也是崇高的节日，有这样一个日子作纪念，自己的心也能跟着工人的队伍一起前进。

罗登贤和周秀珠的婚房就在省委机关旁边罗登贤的宿舍里。早上，他们把两个人的被子抱到了一起，就算结婚了。俭朴的婚礼没有让他们的感情有丝毫减退，相反，却让他们的革命斗志越发顽强。

就在罗登贤担任江苏省委书记，将江苏省委工作开展得如火如荼的时候，原先江苏省委的一部分人仍然没有克服地域局限，制造流言蜚语，排斥罗登贤。甚至还说中央派罗登贤来江苏担任省委书记是中央要抢江苏的地盘，还说中央的派别斗争很严重，他们为了拥护自己的人就不惜把异己打倒，他们还期望徐锡根回来担任江苏省委书记，把罗登贤调走。

面对这种局面，中央当即派组织部长周恩来到江苏省委，调查了解事情的起因。周恩来带着一份缜密的调查报告回到中央，中央经过反复研究，从工作大局出发，决定罗登贤不再担任江苏省委书记，调任中央担任中央组织部副部长，协助周恩来工作。江苏省委书记也没有让地域情结严重的、有一定派系倾向的徐锡根担任，而改由任弼时担任。在9月12日召开的江苏省委会议上，中央决定任弼时、罗迈、张少卿、廖忠仁、大盛担任常委。罗迈、张少卿、廖忠仁和大盛分别是李维汉、康生、陈云和李富春。

持续了很长一段时间的“江苏风波”终于得以平息。在这件事情上，罗登贤的隐忍和胸怀，体现了一个革命者服从安排、顾全大局的公而无私的精神。罗登贤知道，在很多时候，风雨不仅仅是外在的，有时内在的风雨反而更加猛烈，人生只有经历过这些风吹雨打，生命之花才能开放得更加艳丽。

第十章
风尘仆仆地行走

走上新的工作岗位的罗登贤，依然保持缜密细致、求真务实的工作作风，积极协助周恩来处理好中央组织部的日常工作。

1928年中共六大后，周恩来再次当选为政治局常委，担任秘书长兼中央组织部部长，分工负责军事工作。杨殷牺牲以后，他兼任军事部部长，日常事务非常繁忙。中央将罗登贤调到中央组织部协助周恩来工作，可以让周恩来从繁重的工作事务中解脱出来，处理党内外的重大问题。

对罗登贤的到来，周恩来是欢

迎的。因为罗登贤是工人出身，符合中共六大强调工人阶级担纲领导职务的重大决定，而且罗登贤有文化，理论素养高，不像有的工人领导，由于文化水平低，工作能力和领导能力便相对较弱。

当时，中央组织部的秘密机关设在上海静安寺附近一个菜场旁边的里弄里。部里下设组织、干部、训练、交通等十个科，恽代英、陈秋潭、何成湘、武扶经、余泽鸿等人在组织部担任不同的领导职务。组织部的工作细致而烦琐，一边要做好同全国各省到中央来汇报的同志的接洽工作，一边要将中央的指示及时传达到各省。

尽管当时中共中央的机关一般都设在上海的沪中区，但出于保密和安全的需要，办公地点也都是分散设置的。中央政治局会议开会的地点是地处上海闹市中心的云南路 447 号生黎医院的楼上，是 1928 年 11 月间周恩来安排熊瑾玎、朱端绶夫妇以湖南土布土纱商人的名义租住的，门上还挂着“福兴字庄”的牌子；离这里不远的浙江中路 112 号二楼，是中央军委的联络地点，周恩来在这里同顺直、云南、浙江等省委领导人谈过工作；而中央有关领导阅读和起草文件的地方，设在戈登路善庆里的一座小楼里；威海卫路上的达生医院，则是党的一所掩护机关，由贺诚、柯麟以医生身份开设，周恩来、李立三等人也多次来这里开会。

为了安全起见，周恩来不断变换自己的名字，在短短的时间里，他就曾以“伍豪”“冠生”“周少山”等多个名字开展革命活动。周恩来是中央政治局常委，还担任中央组织部长和军委书记，主管特科、情报，对被捕同志的营救，以及保证中央机关的安全等多项工作。当时，在国民党反动派的严密控制下，在大革命失败后的三年内，中共许多重要领导人如陈延年、赵世炎、罗亦农、彭湃、杨殷等先后被捕牺牲。如何在白色恐怖下保证中共中央的安全，是摆在周恩来面前的一个非常严峻的问题。

每天夜晚，罗登贤总是拉上办公室里厚厚的窗帘，一边阅读或起草文件，一边等着一个人的到来。罗登贤等的这个人，就是周恩来。

根据分工，罗登贤和组织部秘书长恽代英共同负责组织部的日常工作，所以一切重要的问题，只有得到周恩来的同意他才坚决执行。

六大结束后，有一大批干部从莫斯科回国，人事安排就显得特别重要。为了让从苏联回来的人及时熟悉国内的情况，对国内斗争的现状所有了解，中央组织部决定以培训班的方式对这批干部定期开展培训，每期时间半个月至一个月，每期人数十到二十人。

为开好培训班，罗登贤和恽代英亲自拟定培训内容，其中包括组织、军事、宣传、工人运动、农民运动及保密工作等项目。在培训过程中，周恩来、罗登贤、李立三、恽代英、陈潭秋、关向应、李震瀛、项英、余泽鸿等人亲自担任教员，让学员们对中国革命的现状和斗争的残酷性有所了解。周恩来在授课时，从政治形势、党的组织状况、秘密工作与公开工作的关系、秘密工作的方式方法到具体工作怎样开展等，都进行了详细透彻的讲解。罗登贤则着重在工人运动的开展上，和学员们分享了开展工人运动的经验。

培训学习之后，学员们分别被派往各省和中央各部门工作，以充实基层组织的干部力量。尤其在革命最前沿的上海，组织部决定集中力量，建立和扩大党组织和革命团体，根据每个区的工作情况或商业网点的特点，在东南西北中五个区的设置上配备不同的力量。

这次培训班开设得非常成功，事后周恩来跟罗登贤及中组部的工作同志说："干部是革命之本。没有革命干部，就没有革命的事业，就没有革命的胜利。关心、爱护、教育干部，就是对革命事业的关心爱护，是取得革命最后胜利的保证。"

六大之后这一年多时间，对中国革命来说，正处在历史转折的关键时刻，大革命的失败和"左"倾盲动主义的错误，使革命遭到了严重的挫折。甚至有一些反动分子断言，共产党已经失败了，共产党的革命是没有出路的。对于这种现象，作为中央组织部副部长的罗登贤想，共产党人是吓不倒杀不绝的，党组织一定要在极端艰难的环境中进行顽强的斗争，来战胜党内存在的削弱涣散现象，让革命重新站稳脚跟，向着光明的前程迈进。

为此，罗登贤将上海各个行业的工人都发动了起来，号召他们开展革命斗争，还亲自到沪西区，将两千六百多名油漆工人和近千名米酒业工人组织起来，激励他们为提高自己的生活待遇和工伤补助标准而战。罗登贤站在工人们中间，跟漆厂的工人说："我们为他们生产油漆，油漆的化学成分伤害着我们的身体，而我们不仅得不到基本的工资保障，而且身体得病之后，资本家老财们还不闻不问，把我们像牲口一样丢在一边。"对米酒厂的工人，罗登贤又说："我们酿酒，则没有酒喝，而不酿酒的那些有钱的人，却享受着美酒，这是生活对我们的不公。我们流血流汗，却拿不到我们应得的工资，现在大家应该团结起来，和资本家进行坚决的斗争，才能让他们知道我们的想法，落实我们的要求。"在强有力的斗争基础上，工人的诉求最终得到了基本解决。

在上海石路附近，服装加工行业特别集中，有近两千名工人从事这个行业。工人们从早上上班的那一刻起，就坐在缝纫机前，像机器一样为资本家生产服装，一直到晚上都不得休息。为了多生产衣服，就连小解都是匆匆地跑去，又匆匆地跑回。即便这样，所得的计件工资也只能勉强糊口。由于长期缺乏锻炼和营养不足，一个个瘦得就像火柴棒，一阵风都能将他们吹倒似的。罗登贤看在眼里急在心上，他来到工人们中间，向大家宣传资本家拒不执行大革命时期签订的关于劳资保护的一些条款内容，揭穿资本家随意开除工人、增加工人上班时间的行径，号召他们和附近祥生铁厂的模具工人们一起进行罢工，要求增加工资，改善工作待遇。

罗登贤发动厂矿企业的工人进行罢工，也发动社会其他行业的群众一起加入罢工的队伍中来。在他的心里面，他所经历的每一次斗争，都像一浪压着一浪的汹涌潮水，在斗争的长河里，只有这澎湃着的浪涛，才能昭示壮阔起来的革命力量，看见胜利的前景。

于是，他来到街面上的商铺里，动员小业主们也加入斗争的行列。在上海能经营商铺或做点小生意的，家里都还比较殷实，孩子有书读，一日三餐也没有什么问题，但他们的熟人里，有的也是资本家，所以发动他们起来革命，有着一定的难度。罗登贤亲自来到这些商铺和作坊，跟业主们分析他们之所以只能获得微薄的回报，都是因为高额的利润都被资本家拿走了。资本家抓住了大家碍于情面、不敢斗争的心理，给他们的货物价格都很高，到了后面已经无钱可赚，因此只能勉强维持生计了。罗登贤的一席话让这些小业主们茅塞顿开，他们按照罗登贤的指导，也纷纷加入斗争的行列中来了。

罗登贤到中央组织部上任短短几个月的时间里，既协助周恩来，条分缕析地把各方面的工作都处理得井井有条，同时也在他分管的工人运动方面继续开展工作，仅上海就有十五万多人举行了罢工示威游行，这些工人汇集起来的巨大力量，让反动统治者心惊胆战。

1929 年下半年，罗登贤还与抨击党的“八七”会议和六大以来的路线的陈独秀作了坚决的斗争。

陈独秀是中国共产党的创始人之一，六大之前长期担任党的重要领导职务。他一直认为，中国革命要靠中国人自己干，致使和共产国际派来的代表维金斯基、马林、鲍罗廷、罗易、罗明纳兹等都一一弄僵。坚持自己的观点本来是好事，但超过了限度就成为刚愎自用。由于他经常意气用事，所以他承担了大革命失败的全部责任，于“八七”会议后正式离开中共中央的领导岗位。

1929 年春天，陈独秀从归国留学生托派分子手中见到了一批托派文件。他惊喜地发现，他的许多主张，原来与远在莫斯科的素不相识的托洛茨基的主张不谋而合。他似乎找到了精神寄托，渐渐地接受了托洛茨基主义。

陈独秀接受托派观点以后，企图以托派路线代替六大路线，并要求在全党公开讨论。1929 年 8 月 5 日，陈独秀给中共中央写了一封一万五千字的长信，公开反对“八七”会议精神和六大制定的路线、方针和政策，否定共产国际对中国革命的指导。

对陈独秀等人的派别活动，中共中央多次提出了警告。陈独秀固执己见，坚决不听，还说“真正的布尔什维克是不怕开除党籍的”。原本气质刚强、信仰坚定的陈独秀就此站在了党的对立面。

11 月 15 日，中央政治局召开特别会议，对陈独秀等人分裂党、组织托派反党集团的做法进行了声讨和斥责，主张将陈独秀等人开除党籍，以保持党的纯洁性。会上，经过举手表决，一致通过了《关于开除陈独秀党籍并批准江苏省委开除彭述之、汪泽楷、马玉夫、蔡振德四人决议案》，明确指出陈独秀等人的行为不仅是反对共产国际的权威，也是反对党，给党的建设造成了重大的伤害。

对中央政治局的处理决定，陈独秀不仅没有从中吸取教训，还于 12 月 15 日，串通了八十一个持相同观点的人，组织成立了“中国共产党左派反对派”即“无产者社”，并亲自担任书记，进行分裂党的组织活动，联名发表了《我们的政治意见书》，认为中国革命是资产阶级取得了胜利，封建势力已经变成残余势力，中国的工农苏维埃政权只是宣传口号，革命斗争不是开始复兴而是走向衰落。陈独秀和托派的这番言论实质上就是否定和取消革命，他们的目的是要打进党的各级组织里，对党组织进行分裂和瓦解。

对陈独秀等人的言论和态度，罗登贤和中央保持着高度一致。他在中央组织部召开的会议上，对陈独秀的言行深感惋惜，认为他已经放弃了自己多年来为之奋斗的革命旗帜，叛变了组织，叛变了自己，走上了反对党反对革命的歧途。

陈独秀的托派观点亮出以后，一些早年追随他的人，对这个观点公开表示拥护和支持。中央组织部的杜畏之就发表声明，公开站在陈独秀的一边。杜畏之于 1925 年至 1928 年在莫斯科中山大学学习和工作，中共六大之后回国，回国后还在河南共产主义青年团省委宣传部和上海共青团中央宣传部工作过。对杜畏之的错误观点，罗登贤进行了坚决的斗争。托洛茨基反对斯大林，陈独秀抵抗共产国际，杜畏之对他们的认同，显然是对中央领导的否定和对党的背叛，为此罗登贤坚持主张开除杜畏之党籍。

王凡西也是隐藏在中央组织部的托派成员，他于1925年在北京大学念书时加入共产党，大革命失败后，1927年到苏联莫斯科东方大学留学。学习之余，他偷偷阅读当时由托洛茨基所领导的左派反对派批评斯大林的文件，并且在1928年参加了左派反对派。1929年回国以后，被分配在中央组织部工作。王凡西受托派影响较大，经常散布托洛斯基和陈独秀的观点，引起党员干部的思想混乱。罗登贤了解到这个情况，及时召开会议，以其是托派成员的身份将其开除党外，保持了党的纯洁。

在风雨如磐的斗争环境里，罗登贤那炯炯有神的目光，总是带着坚定和刚毅，注视着前方也注视着身边。他知道，堡垒最易从内部攻破，他知道在漫漫征途上，只有不停地前进，才能到达理想的彼岸。

为了避开香港当局和广东国民党反动派的监视，1929年冬，广东省第一次党代表大会在上海召开。从珠江到黄浦江，广东的革命在斗争中发展，在发展中前进。罗登贤代表中央组织部也参加了这个会议。会议对广东省委的领导班子进行了调整和改选。中央根据形势发展需要，决定让罗登贤再回广东，担任省委书记，把广东和香港的革命推向新的高潮。

1930年2月3日，农历正月初五，罗登贤一身西装、礼帽、墨镜，以一个商人的打扮，拎着皮箱走下船舷，从上海回到了广东省委所在地香港。从上海出发时，上海还是寒风瑟瑟，而到了香港已是一派春光。呼吸着熟悉的海风和空气，那咸咸的味道，让他感到特别亲切。

香港早来的春光，并没有抵消罗登贤投身工作的急迫心情，面对严峻的白色恐怖，罗登贤一到省委机关，草草洗了一把脸，就和等候在那里的同志一起召开会议，讨论相关问题。

虽然正月初五还在新年里，但此时此刻，大家都把这一天当作广东省委工作新的开始。

在广东省委领导班子调整中，除了罗登贤任书记，还决定大盛任组织部长，李子芬任宣传部长，陈郁任工委兼海员工委书记，江慧芳任妇委书记，吴炳泰任秘书长。大盛就是李富春。

从反帝反封建运动开始，广东一直是中国革命斗争的前沿，从广东弥漫开来的革命硝烟，不仅让人们感受到广东革命的激情，还学习到革命的经验。

1930年4月，岭南已是山花遍野缤纷烂漫。在这花开时节，中央决定，在广东设立南方军委办事处，在中央军委的领导下，负责指导广东、广西、福建、贵州、云南等南方五省的军事工作。军委南方办事处主任由杨剑英担任。

杨剑英出生于1899年，是筠连县城人。县公立高等小学毕业后，考入成都高等蚕桑讲习所就学。后来投奔滇军杨希闵部第三军八师师长朱世贵，在朱部改编时于1925年考入黄埔军校第四期学习。同年加入中国共产党。1926年7月，军校随广东国民政府迁往武汉后，杨剑英在中共中央军委周恩来领导下开展工作。1927年蒋介石和汪精卫背叛革命后，追随周恩来参加南昌起义，随军转移，在广东陆丰与部队离散。他在香港寻找党组织时遇见聂荣臻和张瑞华，随后和聂荣臻在香港中共广东省军委任军委委员开展两广军事工作。12月又和聂荣臻一起赴广州准备起义事宜，负责各方面的联系。广州起义失利以后，他随同聂荣臻重返香港，在广东省委机关工作。1929年周恩来主持中共中央日常工作后，把杨剑英调到上海，负责联络方面的事宜。这次调他入军委南方办事处任主任，表现了中央军委对杨剑英的信任。

罗登贤非常支持对杨剑英的任命，因为在过去的岁月中，他对杨剑英也有一定的了解，对他坚定的党性和不怕吃苦不怕困难的精神充满着敬佩。

作为省委书记，为了积极支持和配合南方军委办事处的工作，加强各地红军及地方政权的建设，罗登贤主动将广东省委的工作和南方军委的工作结合起来，努力将广东的革命引向深入。

1930 年 4 月 15 日，罗登贤派闽粤赣边特委书记邓发到海南定安县母瑞山，参加琼崖特委召开的第四次党的代表大会。邓发比罗登贤小一岁，1925 年加入中国共产党，和罗登贤一起参加过省港大罢工，还参加过广州起义，1928 年后历任香港市委书记、广州市委书记、广东省委组织部长。广东省委派有一定革命资历的领导参加这个会议，体现了省委对在海南开展革命斗争的重视。

母瑞山不高，绵延的山峦被各种植物覆盖着，到处是葱茏的绿色。在这样的环境里召开会议，更增添了神秘而紧张的气氛。

通过热烈讨论，大会决定在琼崖地区实行土地革命，并建立苏维埃政权，扩大红军的建设，主动积极地开展游击战，在广东省委和广东省军委的领导下，努力把琼崖地区的红军和地方武装打造成一支能战斗的队伍。

5 月，罗登贤又派林道文代表省委参加在东江丰顺八山乡召开的东江地区第一次工农兵代表大会。林道文大罗登贤一岁，是海陆丰苏维埃政权和东江革命根据地创始人之一，历任海丰县临时革命政府主席团主席、东江工农革命军总队长、中共潮梅特委书记、东江特委书记，还做过广东省委常委兼宣传部长和南方局宣传部长，也是资历较老的党的领导者。有这样的同志代表省委参加会议，罗登贤对会议形成决议充满信心。

同样是严肃紧张，同样是团结活泼，在热烈的讨论中，大会最后通过了在惠州、潮州、梅州组织暴动的计划，夺取这些地方的反动政权，打土豪，分田地，将没收的地主的土地分给农户，建立东江苏维埃政府和东江军事委员会。

再次来到广东任职，面对急迫的革命形势，罗登贤感到时不我待。就在他派邓发和林道文分别参加琼崖特委和东江地区党的代表会议的同时，为响应中央关于加强苏区工作力量的指示，罗登贤召开省委会议，决定从国民党统治区的白区抽调百分之六十的干部到苏区工作。

从白区抽调一半以上的干部到苏区工作，对罗登贤来说，也是不小的工作挑战。根据中央决定，罗登贤以省港罢工工人纠察队同学会的名义，在参加过省港大罢工、广州起义、海陆丰起义，以及在东南亚参加过反帝反殖民地斗争而被抓捕过坐过牢或者被驱逐出境的工人中选出五百来人，对他们分散进行了武装斗争的培训，然后分批地把他们输送到中央以及广东其他的革命根据地，在武装斗争和建立政权的过程中发挥作用，成为革命的生力军和红军的骨干力量。

在对骨干人员的选拔任用上，罗登贤都要进行严谨的考察。他以同学会的名义，时常把几个熟悉的人聚在一起，从他们的言谈举止间观察他们的人生态度和对革命理想的追求。因为从中，他能了解到哪些人参加了什么革命斗争，在斗争中表现得机智不机智、勇敢不勇敢，革命的意志坚强不坚强。对那些在革命斗争中像墙头草，表现出投机、犹疑或胆怯的人，罗登贤就在心里给他们画上一个大大的"？"。严密的考核，对革命骨干的输送工作产生了良好的效果，保证了广东苏区干部队伍的建设成果。

工人出身的领导，所到之处始终重视工人运动的开展。

为强烈谴责英帝国主义草菅人命的罪行，4 月 13 日，罗登贤和邓发领导香港工人走上街头举行集会，抗议英帝国主义一手制造的杀人惨案和香港当局非法逮捕、驱逐工人的罪行。在游行集会上，他们喊着"英国人滚出中国"等口号，散发着传单，让香港市民再一次看到，曾经为香港、为中国未来奔走呼号的人又回到了他们的身边。

为了迎接"红五月"的到来，中共湘鄂赣边特委在江西省宜春、万载、铜鼓、宜丰等县发动和领导了工农武装起义。这次起义，是赣西北地区由群众发动的面积最广、影响最大的一次武装夺取政权的行动，起义有力推动了地方土地革命斗争。而与此同时，罗登贤也从 3 月下旬开始，用一个多月的时间，多次召开省委会议，讨论关于"五一"纪念活动的设想和策略。为搞好纪念活动，还发布了通告：中央要求广东省委在“五一”工作中发展一千六百名工人同志；广东省委要求在城市成立工人纠察队，组织同盟罢工、公开示威和游行集会，在斗争中注意发展工人党员；会议还要求广州市委做好“五一”上街游行示威的准备，用全体市民的罢工、罢课、罢市来纪念红色“五一”的到来，同时要加强对铁路工人、黄包车夫和油业工人的领导，对斗争进行具体的布置和落实。

在罗登贤积极谋划 5 月份的活动时，粤汉铁路当局不仅降低了从业工人的工资，还无端开除了二十多个工人。为此，铁路工人们在广州的黄沙车站召开代表大会，通过了反对减薪的决议。黄沙车站是粤汉铁路有限公司的所在地，詹天佑曾在车站旁边的广东省商办粤汉铁路总公司迎接过孙中山的视察。在这个具有特殊意义的地方，国民党反动派在对会议代表进行镇压时咆哮着说，反对减薪就是反对政府，为反对政府进行罢工就要遭到政府的枪毙。面对反动政府的狰狞面目，工人们没有退缩，而是坚定地以怠工的方式和反动政府进行坚决的斗争。为配合黄沙车站铁路工人的斗争行动，罗登贤以广东省委的名义向铁路沿线的英德、曲江等地县委发出指示，要求他们发动粤汉铁路沿线的工人，投身到这次革命行动中来，以实际行动和国民党反动派形成真正的对抗。

5 月 16 日，潮安县船业工人因为不满反动当局超额征收船牌捐税而举行罢工，参加罢工的人员里，不仅有生产民船的工人，还有生产农船的工人，这些工人加起来超过了五千人。如此庞大的罢工队伍，将罢工斗争一直坚持了九天，最后迫使反动当局停止征收捐税，罢工以胜利告终。

对这次罢工斗争的胜利，罗登贤指示潮安县委要做好总结，以便进行推广，并在将要举行的铁路、轮渡、瓷业、市政等行业的联合罢工中，起到示范作用。革命的红旗举起来了，就要让它高高飘扬在空中。

在革命斗争中，由于叛徒告密，革命往往遭受重大损失。彭湃、杨殷的牺牲，可谓教训深刻。在和周恩来一起工作的日子里，罗登贤从他身上学习到很多反特锄奸的经验，自己在对叛徒和奸细的处理打击中，也有独到的想法和手段。

1930 年春，叛徒游德仁从新加坡悄然来到香港。来到香港以后，他常常是早上从香港的统一码头乘坐小机帆船出发，到九龙的油麻地五洲旅店住下，第二天再跟着机帆船回来。其实，五洲旅店是游德仁特务活动的一个接头地点，他企图将获得的情报通过这个渠道神不知鬼不觉地传递给特务，对中共组织形成破坏。

游德仁的诡异形迹引起了中共地下特工的注意。

一次，省委秘书长吴炳泰让省委交通科科长李沛群把一份文件交到位于九龙旺角本仑街上的游德仁表弟处，让他把文件带到中共北江特委。李沛群十九岁时就在广州大涌口加入了中共支部，在省港大罢工中经受过锻炼和考验，是中共的优秀特工。文件送达后不想游德仁的表弟和文件都失踪了。对这一情况，李沛群立即向吴炳泰和罗登贤作了汇报。罗登贤让吴炳泰和李沛群引起重视，彻查此事。

两天以后，李沛群突然来到游德仁的住处，说有事要同游德仁商量。看到李沛群到来，游德仁非常紧张，赶紧将他让到外间的桌子前坐下，还没来得及寒暄，只听外面又有人喊游德仁的名字，游德仁赶紧出去。就在这时，李沛群迅速来到里屋打开桌子的抽屉，正好看到一封写有“广州市公安梁之光队长亲启”的信。梁之光是省港大罢工中的投机分子，在罢工开始后，他因贪污公款，受到了罢工委员会的处理，现在他摇身一变，成为国民党派驻香港的密探队长。李沛群迅速浏览了这封信的内容，原来，游德仁将香港的中共情况正密告给国民党密探，计谋把香港地下党一网打尽。看完信后李沛群将信还原放好，不露声色地坐到外间的桌子前，这时游德仁从外面讲完话回来，看没有什么异常情况，便假模假样地和李沛群寒暄起来。

其实，刚才这一幕，就是吴炳泰和李沛群亲手导演的。

听完吴炳泰和李沛然的汇报，罗登贤一面通知省委机关在保密状态下迅速转移，一面命令李沛群在不打草惊蛇的前提下对游德仁的底细和活动情况进行彻查。

一天，李沛群在一个小轮渡上“恰好”和游德仁相遇，游德仁趁机想向李沛群打听一点省委的消息，李沛群消沉低落地对游德仁说他已经厌倦了革命，现在只想发点小财过过安逸的日子。李沛群的伪装让游德仁信以为真，他趁机低声跟李沛群说，以后省委如果有什么活动，就到五洲旅店来告诉他，看消息的重要程度付给钞票和金条。游德仁还露骨地对李沛群说：“共产党长不了，我们要把共产党干净彻底地消灭掉。”听罢游德仁的反动言论，李沛群很是震惊，上岸后若无其事地说如果有事会向他通报，便机警地离开了。

听完李沛群的汇报，罗登贤决定立即着手清除这个革命败类。他命令罗炳组织“打狗队”，埋伏在五洲旅店附近，暗杀了这个对革命有着重大危害的叛徒。

叛徒当杀，反动侦探也当杀。就在斗争非常残酷的时刻，为虎作伥的反动侦缉队长谢安，以收买和策反的形式，对中共党组织形成破坏。其时，他安插了一个反动侦缉队员，以木匠的身份打进中共九龙区的一个党支部，在很短的时间内，支部好几个党员被抓，党支部遭到彻底的破坏。罗登贤知道这个情况后，立即组织安排“打狗队”队员对安插在党内的反动侦缉队成员进行严厉的打击。

罗登贤跟“打狗”队员们说，对这些反动分子，一定要机警，他们就像猎狗，警惕性很高，但我们是打狗队，打蛇打七寸，对这些人下手要狠，找准机会，最好一刀致命。

对罗登贤布置的任务，打狗队员心领神会。一天，谢安和叛徒黄宽、陈泽生等几个人在九龙旺角上海街上的一个饭店就餐，被打狗队员发现，打狗队员也佯装就餐跟踪到楼上。黄宽和陈泽生曾经参加过省港大罢工，一看跟着他们上楼的人来者不善马上择路而逃，打狗队员迅速开枪，将谢安和另外一个混入共青团的叛徒当场打死。打狗队的行动让反动侦缉队员和叛徒的嚣张气焰一下子收敛了许多。

罗登贤对宣传工作十分重视。在担任中华全国总工会委员长时，他复刊了《中国工人》杂志；担任广东省委书记后，他还兼任共产党机关报《香港小日报》的报委书记，并亲自指导报纸的出版和发行工作。

罗登贤对报社社长刘钜泉说："办报要注意方针和策略，为了让更多的人看到我们办的报纸，同时为了能应付反动当局的检查，避免反动派的怀疑，报纸上的内容要尽量含蓄，在无关大局的问题上也说些好话，麻痹他们。但总的来说，我们要巧妙地宣传党的方针和宗旨，为劳苦大众说话，对时弊进行抨击。"

关于栏目的设置，罗登贤也向刘钜泉谈了自己的想法："报纸要开设'国际新闻''国内新闻''省内新闻'，还要开设'读者园地'等专栏，让我们的读者既关注国内大事也关注国际大事，努力让他们能发出声音，只有这样，才能吸引更多的市民来看我们的报纸。"

罗登贤的判断是准确的，香港当局会对新闻进行检查，如果遇到攻击他们的文章，或者是报道中共活动的稿件，一律不准刊登。结果有的稿子刊登出来，不是支离破碎表达不了意愿，就是词不达意、逻辑混乱，有的甚至被大块地删减。对这种情况，罗登贤建议在让读者能读懂的前提下，用适时地省略或开天窗的办法，来应对反动当局的审读检查。

《香港小日报》出版发行后，一年多的时间里每期发行只从两千份增加到三千份，而办报的人员却不少，办报成本很高，香港当局就怀疑共产党参与其间，有人对报纸给予了补贴，于是传唤刘钜泉。面对传唤，刘钜泉泰然地说："我的父亲是南北行的老板，家里有很多商铺，我是太子爷，用钱是很方便的。人活在世上，志趣是不一样的，有的人喜欢斗蛐蛐，有的人喜欢打牌，而我喜欢在书本里找乐趣，办一张报纸了解到很多世间万象，倒贴一点钱也是没什么的。"

对刘钜泉温婉而有理有据的回答，罗登贤大加赞赏。不激怒，不犹豫，不隐晦，罗登贤对刘钜泉主办报纸充满了希望。

在"五一"国际劳动节那一期，《香港小日报》的所有稿件都套红刊出，这引起了香港当局的注意。他们立即传讯负责印刷的刘汇川，问他为什么这一期报纸上的字全部用红字印刷，还说这样是赤裸裸地宣传赤化，是煽动闹共的赤化行动。对此，刘汇川根据事先罗登贤交代好的说法，进行了说明：“我们中国人喜欢红色，因为它代表着喜气。孩子出生有红鸡蛋，新娘出嫁有红花轿，中奖了要戴大红花，‘五一’劳动节是全世界工人的节日，我们只想在今天用红色来表达心中的喜悦，关于赤化的问题，我们还真没有想过。”

刘汇川流畅的回答，让香港当局理屈词穷无话可说。但是，他们还是认定该报在用红色字体印刷时，应该向当局汇报，对这样明显的宣传赤化的行为，应该坚决制止，因此没收了办报的全部资金，报纸停刊。

尽管报纸停刊了，但刘钜泉、刘汇川以及其他人没有再遭反动当局盘查，大家都打心眼里敬佩罗登贤工作的细致和认真——在报纸出刊之前，他把可能出现的结果都想到了，才让大家临危不惧，虎口脱险。

罗登贤从参加工人运动起，他在苏兆征身上学到了任劳任怨、激情满怀的工作作风；后来调到中央组织部后，在周恩来身上，他又学到了儒雅睿智、果敢坚定的生活品性。所以在工作中，罗登贤对待同志总是循循善诱，从不以粗暴恶作风处理问题。一次，一位基层的同志在向罗登贤汇报工作时，提到随着革命活动开展得越来越多，感觉到人手越来越紧，希望罗登贤能派些能力强的人到他们那里去，指导他们开展革命活动。罗登贤耐心地听他讲完后，鞭辟入里地对他分析说：“是的，随着党领导的各种斗争的开展，每个地方都出现了干部短缺的问题。现在很多地方都向省委来要干部，但经过省港大罢工和广州起义等锻炼起来的干部几乎都被派出去了，所以现在的当务之急是基层组织自己培养干部，把那些立场坚定、年富力强、有一定文化基础的人用起来，让他们在斗争的第一线经受考验，只有这样，我们的干部队伍才能壮大，我们党的事业才能后继有人，得到发展。”

由于人手紧张，革命的局势又异常紧迫，在省委机关工作的人，只要有任务，几乎都是连轴转，根本没有时间休息。在机关工作的年轻人比较多，他们有文化，受到的关于民主、民权等思想的教育也比较多，所以他们对动不动就加班稍有不满，认为革命工作也应该遵守八小时工作制。罗登贤了解到这个情况后，马上把几个有这些想法的年轻人召集起来，和他们促膝谈心，语重心长地跟他们说："我们的党是革命的党，我们是要为人民大众谋利益的，为人民大众谋利益，就要有奉献，有牺牲。你们说的八小时工作制以及一些其他的民主思想，本质是对的，但这是我们领导的工人阶级向资本家进行斗争的口号，是我们刺向资本家和反动派的利剑，如果我们首先用利剑刺伤自己，那我们又怎么样带领工人进行革命呢？"

6 月 9 日，中央政治局常委兼宣传部长李立三在上海主持召开中央政治局会议，并作了《关于目前政治任务决议案（草案）》的报告。罗登贤也从香港赶到上海，参加了这个会议。

6 月 11 日，会议通过了《新的革命高潮与一省或几省的首先胜利》的决议案。决议认为：

中国革命的高潮已经到来，对全国大小城市，不管自己的力量如何，都要用暴动来推倒国民党的反动统治。要艰苦工作，密切联系群众，积蓄力量，以准备迎接革命新高潮的到来。

准确地说，这个决议案，错误地高估了革命的力量，认为革命形势已经向革命高潮飞速发展，还规定在一个省或几个省首先取得胜利，以建立全国革命政权。决议案还提出以组织全国武装暴动，最后夺取政权为总任务，并制定了以武汉为中心，组织全国中心城市武装起义和调动红军全面进攻中心城市的冒险计划，否定了中国革命的长期性，还坚持城市中心论，反对农村包围城市。这次会议，让以李立三为首的“左”倾冒险主义思想甚嚣尘上，在中共中央占据指导地位。

罗登贤参加完在上海召开的会议后，风尘仆仆赶回广东，对会议精神进行了布置和落实。在随即召开的广东省委扩大会议上，他自豪而又坚定地说：“争取一省与几省首先胜利，在广东不仅是提出，而且是准备执行，并且在严酷的斗争中争取胜利。”

6月15日，广东省委计划在广州发动第二次武装暴动，以建立广东革命政权。罗登贤和杨剑英开会研究后决定，以中央军委南方办事处的名义下达命令，要求广东各路红军以攻占广州为唯一的目标。具体方案是：第十一军和十二军分别帮助东江和海陆丰的地方武装进行暴动，然后攻取惠州，再向广州推进；第七军由广西柳州向小北江发展，帮助北江地区进行暴动，然后向广州推进；琼崖独立师帮助琼崖地方暴动，然后向海口、两江前进，然后直逼广州。命令还要求，东江红军在完成潮梅各县的武装暴动后，要在三个月内发展到五万人；琼崖红军要在两个月内发展到四万五千人，赤卫队发展到十万人。根据省委的指示，红十一军在攻打潮安中发起了三次攻击，结果遭到反动军队的顽强抵抗，损失惨重，以失败告终。

对11日中央政治局会议做出的决定，6月25日，中共中央总书记向忠发给周恩来写信，强调其重要性，要求远在莫斯科的瞿秋白、邓中夏等人尽快回国：

毫无疑问，党应该坚决地竭尽全力来完成这一任务。若是在现有条件下不坚决动员全体党员去执行这条路线，若是发生动摇、怀疑、观望等待，那就是对革命犯下滔天大罪，那就是阻挠革命。中央因此与远东局发生严重分歧。虽然远东局竭力阻挠我们发表决议，但中央未能屈服远东局，还是发表了决议。目前中国的工作极其困难，我重病缠身，甚至无法出席政治局会议。你接到此信后，及向共产国际执委会报告后不必等讨论结束，立即回国。切勿拖延。如果秋白、中夏、黄平及其他同志在工作中没有犯严重的政治错误，就让他们回国。

从向忠发的信中，我们看到了作为党的总书记对政治局决定的坚决支持和对未来斗争的忧心忡忡。信中提到的瞿秋白、邓中夏等人是否有政治错误的问题，历史已经证明。他们同米夫、王明等人在莫斯科的斗争，既是反对野心家篡党夺权的斗争，也是反对大国沙文主义的斗争，保护了一批同志，维护了党的利益，是完全正确的。

8月，中央政治局召开扩大会议，会上通过了李立三提出的组织全国城市进行起义的“左”倾冒险主义的决定，由党中央、团中央和全国总工会领导机构合并成立“中央总行动委员会”，委员会由李立三、邓中夏、徐锡根、向忠发、陈郁、李维汉、袁炳辉、罗章龙、陆定一、吴振鹏、刘伯坚、余飞、王克全、潘问友等十四人组成，向忠发、李立三、罗章龙、袁炳辉组成主席团。会议还要求全国各地成立各级行动委员会。

8月3日，李立三再次召开中央政治局扩大会议，对全国斗争进行了布置。罗登贤出席了会议。会议决定举行武汉暴动、南京暴动和上海总同盟罢工。中央总行动委员会为全国暴动的最高领导机关。会议还决定，成立北方、南方、武汉、满洲、江苏等中央行动委员会，组织发动各地的武装暴动。中央南方行动委员会设在香港，罗登贤和李富春先后担任了书记。会上，中央总行动委员会对南方行动委员会特别强调，要求他们全力做好第二次广州武装暴动的组织和发动工作。

因为罗登贤留在上海参加政治局相关会议，8月5日，在罗登贤缺席的情况下，广东省委召开会议，决定成立广东省临时常委会，全力以赴贯彻中央总行动委员会精神，积极组织第二次广州暴动，并在各地开展武装暴动的罢工斗争。会议决定罗登贤不在广东和香港时，书记由卢永炽担任，其他成员的分工为：李富春任组织部长，林道文任宣传部长，杨剑英任军事委员会书记，蔡畅任妇女委员会书记等。

在上海，罗登贤于8月6日参加了中央总行动委员会召开的会议，听取了李立三在会上所作的《目前政治形势与党在准备斗争中的任务》的报告。报告认为，中国革命的形势已经处在中国历史将发生巨大变化的前夜，党的主要任务也是积极准备武装暴动，以武装暴动来统领全国的工作。

8月14日，中央总行动委员会发表《对目前时局宣言》，号召全国广大的人民群众一起团结起来，与帝国主义和国民党反动派作最后的斗争。《宣言》通过后的第二天，又通过《行动纲领》，决定以预演的形式，于9月7日在全国发动对国民党的大示威。

在激情战鼓的催生下，8月上旬，中央决定，将1927年“八七”会议后成立，后来在当年10月23日又被撤销的南方局重新建立起来。新组建的南方局由罗登贤兼任书记和工委主任，负责领导粤、桂、滇、黔、闽南等地方的党组织。罗登贤回到香港后，主持召开了新一届南方局会议，宣布南方局成立，在他的心里，他要把这一天当成革命征程上新的起点，用自己的热血和生命，为中国革命书写壮阔诗篇。

为加强中央总行动委员会的领导，8月19日，行动委员会召开主席团会议，决定由原先十四人的主席团增加到二十一人，他们是：李立三、邓中夏、吴振鹏、陆定一、刘伯坚、徐锡根、向忠发、李维汉、王克全、余飞、周恩来、瞿秋白、项英、陈郁、袁炳辉、罗章龙、关向应、罗登贤、贺昌、温裕成、潘问友。主席团成员有向忠发、李立三、周恩来、袁炳辉、瞿秋白、顾顺章、徐锡根。

中共广东省委和南方局为了贯彻中央总行动委员会的精神，8月25日，把团省委、妇联各工代会等机构也合并了起来，成立了广东省行动委员会，与此相对，广东的下属县市也成立了各级委员会。

这个时候，整个广东，整个中国，就好像干柴等待烈火，随时都可能燃烧。

第二天，中央南方行动委员会和中央军委南方办事处联合给琼崖特委发出指示，认为面对已经处在崩溃边缘的琼崖豪绅地主的统治而迟迟不去进攻，是严重的右倾，要求他们要让全岛都行动起来，一起参加武装暴动，最后攻占海口。

前一份命令刚刚发出，后一份命令又接踵而至。这个时候，“左”倾发热的革命思想，已经从上至下统治着各级党组织，每个人的头脑里只有一个想法，就是用进攻的武装夺取城市的革命姿态，取得革命的最终胜利。中央南方行动委员会和中央军委南方办事处再次指示，催促琼崖特委马上夺取海口，特别强调，夺取海口对于后面攻占广州至关重要。

在中央南方行动委员会和中央军委南方办事处的再三责令下，琼崖特委作出了进攻海口的计划，向海口发起进攻。结果在反动守军面前红军损失惨重，红军队伍从原来的一千三百多人一下子锐减到九百人。

进攻海口失败的血雨腥风并没有引起中央南方行动委员会领导的重视，在红军进攻海口遭受重创的时候，他们还在强调在大城市、在国民党统治区组织工人和群众进行罢工和示威游行，还强调工人的罢工和游行要以政治斗争为目的，天真地将游行的线路、时间和集会的地点、口号明确印在传单上，企图以宏大的政治声势击溃反动派的统治。结果，反动当局就势设好埋伏，对参加游行、集会的工人和群众实行大规模的抓捕，使参加游行集会的工人和市民信心受到严重打击，导致后来工会的积极分子和少数共产党员也不敢直接参加活动。

李立三脱离实际的“左”倾冒险主义错误使党组织遭到严重破坏，很多革命同志在斗争中献出了宝贵生命。随着事态的发展，越来越多的人对这种激进的做法表示了不满，就连共产国际也对李立三“左”倾冒险主义进行了批评。

面对严峻的局面，中央于 9 月 24 日在上海召开了六届三中全会的扩大会议。会议由瞿秋白和周恩来主持。出席会议的有中央委员和中央候补委员共十四人、各地列席代表二十二人，罗登贤也赶到上海，参加了会议。

会议整整开了五天。在会上，周恩来传达了共产国际的决议，并作了组织问题的报告。瞿秋白也作了关于《三中扩大全会讨论的结论》的报告。会议还对李立三在主持中央工作期间所犯的严重错误进行了揭发和批判，一致认为，他的“左”倾冒险主义背离了中国的实际情况，违反了客观规律，使中国革命遭受了前所未有的重大损失。

听了同志们严厉的批评，李立三脸色铁青，在会上承认了所犯的错误，承担了责任。他对照自己的所作所为，深刻检讨了在他主持工作的几个月中把革命带入泥潭的危险的“左”倾冒险主义。

在会上，罗登贤也涨红着脸，对广东在积极执行李立三中央总行动委员会关于进攻大城市中所遭受到的打击，作了深刻的反思和检讨。

会议还决定，立即停止组织全国总暴动以及集中全国红军攻打大城市的不切实际的错误想法，恢复党、团、工会、妇联等组织，结束以李立三为首的“左”倾冒险主义的领导。同时，会议也对党内的右倾机会主义进行了批评，认为还是要集中力量，抵制党内右倾机会主义的危险行为。

全会还对中央政治局进行了改选，罗登贤被选为政治局候补委员。

会议结束之后，罗登贤留在上海，等待中央分配工作。

第十一章 革命要有智慧和谋略

1930 年 11 月 3 日，南方局和广东省委召开扩大会议，罗登贤根据工作安排回到香港，和出席六届三中全会的广东省委领导李富春、陈郁一起传达了中央对李立三“左”倾冒险主义的批评。会议之后，广东省委发出了第二十号通知，宣布取消全省的各级行动委员会，恢复党、团、工会、妇联等组织，停止李立三“左”倾冒险主义计划在南方各省的实施，使南方各省的工作进入新的正常状态。

会上，罗登贤检讨了在执行李立三“左”倾错误路线中给广东革命造成损失的领导行为。鉴于罗登贤在这次无条件执行中央总行动委员会武装进攻城市中的武断作风，及其给广东革命带来的严重后果，广东省临时常委给中央政治局写信，要求中央暂不在广东给他安排重要职务，让他从这次对革命造成的损失中吸取教训，改进工作方法，在实际工作中得以切实地改变。

1930 年 9 月召开的党的六届三中全会，对李立三“左”倾冒险主义错误进行了严厉批评，中央的日常工作也由瞿秋白主持。可是，就在这时，共产国际为扶植王明等“左”倾宗派集团上台，在三中全会以后进行了一系列的活动。

从 1929 年上半年开始，一直到 1930 年的夏天，王明等人陆续从莫斯科回国。

回国途中，王明窃取共产国际远东局由他转交中共中央的信函内容，根据共产国际来信的基调，打出“拥护国际路线”“反对立三路线”“反对调和路线”的旗号，对三中全会及其以后的路线进行全盘否定，还写了《为中共更加布尔塞维克化而斗争》的小册子，要求从根本上改造党的领导，为计谋篡夺党的领导权大造舆论。

共产国际东方部对来信进行了深入的讨论，随后向共产国际主席团写了《关于中国党三中全会与李立三同志的错误的报告》，在批判错误的同时，给李立三和中央扣上了敌视布尔塞（什）维克主义和反共产国际的帽子，并列举出三中全会的七大罪状，即：没有揭发立三路线的实质，模糊了这个路线和国际路线的原则上的不同，没有研究中国革命过去阶段的真正教训，没有提出并解决革命现在阶段的现实任务，没有责备一部分中央政治局委员的反共产国际的言论等。在 12 月召开的共产国际执委主席团会议上，对李立三的路线错误再次批判，对主持三中全会后中央工作的瞿秋白公开进行了指责，而对王明教条主义宗派集团大加赞赏。

中共中央于 11 月 16 日收到共产国际 10 月来信后，中央政治局经过讨论，于 11 月 25 日作出《政治局关于最近国际来信的决议》，表示完全同意国际来信。还在12月23日发出中央第九十六号通告，接受共产国际的所有指责，并承认三中全会后的中央延续了“立三路线”的错误。

与此同时，原来反对“立三路线”的中共中央工委书记、中华全国总工会委员长、党团书记罗章龙等人，也反对三中全会后的中央。在罗章龙的策划下，1931年1月1日，全国总工会党团通过了《关于对中央九十六号紧急通告的异议及意见》的决议案，企图推翻三中全会以后的中央领导机构。

王明和罗章龙两个宗派集团，都想以自己为核心来改组党中央，这种矛盾延续到六届四中全会，最终酿成激烈的派别斗争。

1931年1月7日，在共产国际代表米夫的操纵下，在上海召开了中国共产党扩大的六届四中全会。出席会议的共三十七人。其中有中央委员向忠发、关向应、温裕成、任弼时、贺昌、李维汉、余飞、徐锡根、瞿秋白、罗登贤、张金保、顾顺章、陈郁、周恩来，候补中央委员袁炳辉、陈云、史文彬、周秀珠、罗章龙、王凤飞、王克全、徐兰芝，还有江南省委、北方局、团中央、全总党团和部分根据地的顾作霖、夏曦、陈原道、王稼祥等十五名代表参加了会议。共产国际代表米夫也参加了会议。会议推选向忠发、徐锡根、罗登贤、任弼时、陈郁为主席团。向忠发主持会议，并作了《中央政治局报告》。因为情况紧迫，会议只开了一天，在紧张激烈的气氛中对相关问题进行了热烈的争论。

扩大的六届四中全会在“反调和路线”的旗号下，对中央和政治局进行了改选，撤销李维汉、贺昌的中央委员职务，补选韩连会、王尽仁、沈先定、刘少奇、夏曦、陈绍禹（即王明）、徐畏三、沈泽民、曾炳春等九人为中央委员；撤销瞿秋白、李维汉、李立三等三人政治局委员职务，改选了向忠发、项英、徐锡根、张国焘、陈郁、周恩来、卢福坦、任弼时、陈绍禹等九人为政治局委员，罗登贤、关向应、王克全、刘少奇、温裕成、毛泽东、顾顺章等七人为政治局候补委员，向忠发、周恩来、张国焘等三人为政治局常委，向忠发任总书记。全会选举结果，实现了共产国际代表扶植王明"左"倾教条主义者夺取党中央领导的意图。通过这次会议，王明等人在共产国际的支持下取得了党中央领导地位，从此开始了长达四年的中国共产党第三次"左"倾错误路线的统治，严重地危害了中国革命。

四中全会结束以后，在罗章龙的主持下，有十四个人参加了"反对四中全会代表团"会议，通过了罗章龙起草的《力争紧急会议反对四中全会报告大纲》，并且非法成立"第二中央""第二省委""第二区委""第二工会党团"等组织。为反对米夫和王明篡党夺权，三十余名中共中央委员发起成立了"中共中央非常委员会"，罗章龙任书记，发表了拒绝承认六届四中全会合法性的声明、《告全党同志书》和《致共产国际信》。

1月27日，王明召开中央政治会议，决定将罗章龙等人开除党外，撤销其一切职务，同时任命罗登贤为中华全国总工会执委会代表委员长兼中共党团书记。

罗登贤又一次回到工会组织，领导中华全国总工会开展轰轰烈烈的工人运动。

就在中共党内斗争异常激烈，罗登贤再一次走马上任中华全国总工会重要领导职务的时候，国际上，一场大规模的经济危机已经降临至世界各国。

这场经济危机源于1929年10月24日美国股市的暴跌。先前还暖阳一片的华尔街在这一天制造了金融史上最著名的"黑色星期四"，股市从巅峰坠入谷底，连股票行情自动显示器的刷新频率都差点跟不上股价数字下落的速度。至10月29日，一泻千里的道琼斯指数，跌幅高达百分之二十二，创下了有史以来单日最大跌幅。股市崩盘的危机直接导致五千多家银行倒闭，美国金融体系濒临瓦解，随之美国进入了持续四年的经济衰退的泥沼：生产严重过剩，物价持续下跌，商铺关门，八万六千多家企业破产，失业人数由过去的一百五十万人猛升到一千七百多万人，占全部劳工的四分之一；农产品价值降到最低点，资本家将牛奶倒入大海，把粮食、棉花当众焚毁，社会经济一片萧条。

危机爆发后，1930 年 5 月，美国国会通过法案对八百九十种商品提高税额，三十三个国家很快起来抗议，到 1931 年底，有二十五个国家采取报复性措施。英国就在 1931 年 9 月首先放弃金本位货币制度，使英镑贬值三分之一。经济危机不仅仅造成了美国大批工人失业，还使西方资本主义国家失业工人更多，整个劳动阶层困苦不堪。

危机就像汹涌的恶浪，也波及本就羸弱的中国。国内工厂大批倒闭，规模很小的商业店铺也息业关门，失业工人的数量每一天都在不断增加，仅仅是上海这样的大城市，就有近一半的人找不到事做。同时，货币大幅贬值，造成了物价飞速上涨，整个社会呈现出民不聊生的景象。

由于失业工人增多，资本家对工人的剥削也变得变本加厉，不断增加工人的劳动强度，很多工人每天的工作时间超过十四个小时，生活和工作都在痛苦之中。

罗登贤看着面黄肌瘦、目光呆滞像机器一样在劳作的工人，一团革命的火焰便在心中燃烧。为了让工人工资提高，改善生活待遇，罗登贤在 1931 年春天这个青黄不接的节骨眼上，领导上海的十几家纺织厂的上万工人进行大罢工。工人们走上街头，高呼着“我们要吃饭”“我们要休息”等口号，以对生活最基本的要求为突破口，和资本家进行不屈的斗争。

罢工开始之后，上海市区的丝织企业好几千的工人也加入到罢工队伍中来，最终由此形成的总同盟大罢工迫使资本家为工人增加了一点工资，让工人的生活有了些许改善。

罢工结束之后，罗登贤及时召开全国总工会会议，将这次罢工斗争的策略和方法进行了总结，并将由此而形成的经验向全国推广。在会上，罗登贤说：“在经济萧条、劳苦大众面对温饱问题的大背景下，我们要以最低的诉求，换取斗争的胜利。 因为只有取得斗争的胜利，才能让工人积攒信心，以便今后投身到更加严酷的斗争中去。”

对工人的斗争，反动政府表面上同情他们，给他们增加工资，实际却和资本家沆瀣一气，制定法令对工人进行压榨。 春夏之间，反动政府颁发了《工会法》和《工厂法》，以条例的制定取缔工人的集会、结社、出版、言论以及罢工自由的权利。 两法颁布实施之后，在工人中引起强烈反响，工人们纷纷表达为了生存和自由，大家一定要团结起来，和反动政府和资本家作坚决的斗争。

对反动政府颁布这两条法令，中华全国总工会为此召开会议，研究对策。 罗登贤在会议上说：“反动派串通资本家颁发了《工会法》和《工厂法》，实际上是禁止工人进行罢工，不准工人开展反帝反封建的斗争。 规定工人只能服服帖帖地像牛马般劳动，使工人处于奴隶的境地。 我们工人阶级绝对不能接受。 我们要发动工人起来反对这个反动的《工会法》和《工厂法》，争取改善工人的政治权益。”

会后，在罗登贤和中华全国总工会的领导下，纺织、电车等行业的工人早已压抑不住胸中的烈火，纷纷走上街头，反对《工会法》和《工厂法》，最后使得这两部企图禁锢工人权利的法令没有得到完全实施。

国际经济危机席卷全球，国内的反动当局和资本家为了减小危机对他们的经济影响，就想着法子对穷苦工人进行疯狂剥削，他们丧心病狂地搜刮民脂民膏，让工人们的生活负担就像阴雨天拖着的稻草，一天天加重了起来。

反动政府在对工商业征收正常税收的基础上，又提出按营业额征收百分之一至百分之十厘金的政策。 所谓厘金，就是从晚清时开始设立一直延续到中华民国的一种地方商业税，因为税率为一厘，故为厘金。 这样还不够，他们紧接着又提出了裁厘加税的政策，就是取消厘金，加大税收，来保证他们的经济利益不受损失。 初看起来，这是政府向资本家征税，实际上，资本家则将这部分缴纳的税款又分摊到工人的头上。还有统税、特税、运输税、出口税等，多如牛毛的苛捐杂税压得劳苦工人喘不上气来。

对反动政府如此搜刮民脂民膏，罗登贤在总工会会议上说：“一个政府如此不顾廉耻，翻新花样对劳苦大众进行不断盘剥，可谓丧心病狂。他们口口声声要振兴民族工业，实际上他们却是在戕害民族工业。我们的工人，在经济危机中已经承受了太多的不幸和痛苦，我们要动员他们起来，捍卫自己的权利和利益。都说光脚不怕穿鞋的，我们本来就是一无所有，我们应该带着他们起来斗争，对于工友们来说，还有什么可怕的呢?”

1931 年“五一”国际劳动节就要来了，在这关键的时间节点上，上海总工会联合会还没有从李立三“左”倾冒险主义的窠臼里解脱出来，还是用原先惯有的思维，认为在中国工人运动的发源地上海组织工人纠察队、自卫队，按东西南北中和吴淞、浦东等七个地方设立分指挥部，在上海举行武装暴动，一定能对处在困境中的中国革命造成深远影响。他们认为：

这个队伍在暴动时就叫暴动队。这个队伍就是红军的前身，现在不仅农村里有红军，暴动发动起来后，城市也要组织红军赤卫队。现在组织工人纠察队不仅是保卫干部，保卫工会，保卫罢工纪律，而且要组织武装进攻。要打走狗，打工贼，罢工时要准备武装冲突，游行示威时要保卫游行队伍，他切断城市交通，要准备巷战，要学柏林的共产党领导工人武装举行巷战的经验。总之，要为上海工人第四次武装暴动做准备。

对如此冒进的“左”倾思想，罗登贤当即就认为在现有背景和前提下组织暴动，条件还非常不成熟。对此，他亲自来到上海总工会联合会，在对他们勇于斗争的革命精神进行鼓励之后，对冒进地组织这次行动进行了批评。罗登贤沉稳而冷静地说：“目前处在革命形势的低潮时期，在城市不宜搞武装暴动，因为这样容易暴露自己的目的，给敌人以可乘之机。这种时候，我们应该积蓄革命的力量，等待时机。当前只适宜举行一些小型集会，争取群众，避免不必要的损失。”

上海总工会联合会充分尊重罗登贤鞭辟入里的分析和意见，及时对原有计划进行了修改，停止武装暴动的实施，使革命避免了损失。根据罗登贤的建议，“五一”国际劳动节那一天，上海总工会联合会发动了上海政中发电厂、上海内外棉五厂等工人举行了突发性的游行，在游行队伍里，大家挥舞着拳头，举着写有标语的小旗帜，一路高喊着“打倒帝国主义”“打倒资本家”“打倒反动派”等口号，一路向外滩进发。

罗登贤在领导各级工会开展罢工斗争的同时，还领导进步工人与被反动政府及资本家收买的黄色工会进行针锋相对的斗争。当时，国民党反动当局和反动资本家为了对工人运动进行压制，就在上海恢复了在大革命时期被国民党军阀勒令关闭的“上海市总工会”，在总工会中，也建立起了基层组织，将一些工贼、特务、暗探、走狗等安插到组织里。

反革命的黄色工会成立之后，专门破坏、阻扰中共赤色工会的革命斗争。他们在国民党反动当局和反动资本家的授意下，压制工人在政治、经济上的合理诉求，对工人欲以斗争形式争取利益的集会，也是找多种借口予以取消。后来，他们为了自己的利益暴露出狰狞的面目，主动和反动政府及资本家进行劳资合作，公开宣传阶级调和主义，禁止工人举行罢工游行集会，还要求工人必须遵守他们的纪律和规定，如若擅自参加赤色工会的活动，只要查实，随即开除。更有甚者，他们还在暗处对思想激进的工人悄然进行逮捕，甚至杀害。

为和这个臭名昭著的御用工会进行坚决的斗争，罗登贤和中华全国总工会的同仁们经过研究，决定派一些进步的工人打入黄色工会内部，将其反动虚伪的行径进行搜集和揭发，让工人们认清他们的本来面目，使他们在工人中威信扫地，陷入孤立。

在工作中，罗登贤号召做工会工作的同志，应该深入到企业、商铺、街面上去，和工人、店员、普通市民拉家常，利用兄弟结拜、投标打会、游行集会等多种方式和途径，将工人团结在自己的身边。他既要求大家，自己也率先垂范。工作中，他经常来到上海邮政局，发动一些进步的邮政工人巧妙利用自己的工人俱乐部，将日常看似平常的聚餐会、同学会、同乡会，变成宣传进步思想的场所。

一次次生死攸关的斗争让罗登贤懂得，对一个革命者来说，在残酷而复杂的斗争面前，不仅仅要靠意志和胆识，还要靠智慧和谋略。在他的领导下，中国工人运动在风起云涌中将革命的浪潮推向前方。

第十二章
白山黑水任行走

王明“左”倾冒险主义统治中央后，为了巩固他的核心地位，从1931年春开始，他以中央的名义，先后对在莫斯科对他进行过调查有着过节的邓中夏实行报复，对苏区最高领导人项英和毛泽东进行了排挤，还将肃反扩大化，指责赣江北方志敏、邵式平对抗中央；以开展反对右倾斗争为借口，对党的各级组织进行改造，进一步推行“左”倾冒险主义。

根据中央和王明指令，罗登贤在夏天到来时，化名“达平”前往东北，以中央驻满洲代表的身份，协助刚刚上任的中共满洲省委书记张应龙恢复和建立党的各级组织，同时开展反对军阀的斗争，对中共六届四次全会精神进行传达和贯彻。

周秀珠也随罗登贤一起赴东北，负责省委的妇女工作。

初夏的奉天，也就是沈阳，已经从隆冬中彻底地苏醒了过来，罗登贤和周秀珠下了火车，就被组织上派来的同志接到了北市场福安里 4 号，开始了夫妻俩在东北的革命生活。福安里 4 号是一栋面阔六间进深一间的硬山式青砖瓦房子，其东侧四间就是 1927 年至 1929 年间的中共满洲省委机关所在地，这样一来，对罗登贤和周秀珠来说，工作和生活都十分方便。

中共满洲省委是 1927 年大革命失败后建立起来的，主要分管南满、北满、东满和吉东各地区，也就是东北三省和内蒙古、河北部分地区的革命工作，是中国共产党领导白区斗争的一个重要地方组织。

罗登贤一踏上白山黑水的土地，就感受到东北的革命斗争形势和全国其他地方有着明显的不同。1928 年 6 月 4 日凌晨五点半钟，张作霖乘坐的专列经过京奉、南满铁路交叉处的皇姑屯附近的三洞桥时，被日本关东军预埋炸药炸毁，中华民国陆海军大元帅、奉系军阀首领张作霖被炸成重伤，送回奉天后，于当日死去。张作霖的死震惊了中国，也震惊了世界。而此时，罗登贤从东北的空气里，已经呼吸到日本帝国主义即将侵占中国的一触即发的气息。

面对日本帝国主义觊觎中国的狼子野心，整个东北乃至全国都行动了起来，广大工人、农民、商人和城市的手工业者，还有国民党爱国人士、民族资本家等，都表示泱泱中华不能再忍受屈辱，一致要求抗日。罗登贤看到东北这点火就着的反日情绪，立即和先前来到东北的中央巡视员李实一起就此事拟写了一份报告，向中央反映东北斗争的特殊性，要求顺应民众的呼求，把反日斗争作为工作开展的重点，将党的工作重点由几个中心城市，转移到广袤的农村。

应该说，罗登贤对东北形势的判断是客观的、准确的，他以敏锐的目光，感受到在民族大义面前，东北军民的空前团结，所以在东北，应该把主要精力集中到对日斗争上。

令罗登贤万万没有想到的是，报告转呈中央后，并没有得到中央的认同。以王明为代表的中央认为，日本帝国主义的侵略没有引起国内形势的重大变化，国民党党内依然是铁板一块、消极抗日，中日之间的矛盾依然没有上升到全民族对日的抵抗，依然坚持中共的一切行动要回到中共六届四中全会精神上来，要继续组织红军夺取中心城市，执行“左”倾冒险主义，在反对右倾的斗争中，以对国民党反动政府的无情打击来践行党的路线。

接着，“九一八”事变的发生，正好印证了罗登贤的判断。

1931 年 9 月 18 日晚十时许，日本关东军岛本大队川岛中队中尉河本末守率部下，在奉天北大营南约八百米的柳条湖附近将南满铁路一段路轨炸毁，还栽赃是中国军队所为，于是，日军独立守备队第二大队向中国东北军驻地北大营发动进攻；第二天早晨四时许，日军独立守备队第五大队从铁岭到达北大营加入战斗；五时半，东北军第七旅退到奉天东山嘴子，日军占领北大营。战斗中东北军伤亡三百余人，日军伤亡二十四人。“九一八”事变发生后，国民党反动派一边叫嚣着“攘外必先安内”，一边命令东北军张学良部撤至山海关以南，执行不抵抗政策。随后，日本军队又陆续侵占了东北三省，1932 年 2 月，东北全境沦陷。此后，日本在中国东北建立了傀儡政权伪满洲国。

“九一八”事变发生之后，全国反日情绪暴涨，各地人民纷纷要求停止内战，一致抗日，要求国民政府放弃不抵抗政策，将大刀向鬼子们的头上砍去。一时间，北平、天津、上海等地学生们纷纷走上街头，打着“还我东北，还我东三省”“打倒日本帝国主义”“日本人滚出中国去”等口号，进行罢课示威游行。他们还派出代表到南京请愿，强烈要求南京国民政府以民族大义为重，对日宣战。

面对日本帝国主义对中国主权的肆意践踏，中国共产党为维护民族利益，于 9 月 20 日发表了《为日本帝国主义强暴占领东三省事件宣言》，号召全党只有依靠群众的力量和工农苏维埃政权，才能赶走日本帝国主义，实现全国的解放。9月22日，又作出《关于日本帝国主义强占满洲事变的决议》，要求全党“在满洲地区应该加紧组织群众的反帝运动，发动群众斗争来反抗日本帝国主义的侵略。要加紧在北满军队中的工作，组织他们的兵变和游击战争，直接给日本帝国主义以严重的打击”。

目睹祖国的大好山河遭受日军铁蹄的践踏，目睹国民党当局退兵不战的不抵抗政策，目睹东北热血青年在丢失东三省后的呼号请命，罗登贤和中共满洲省委书记张应龙一起，主持召开满洲省委会议，研究讨论日本侵占东北以后满洲省委的斗争策略和任务。在会上，罗登贤慷慨激昂，他说：“今天，东三省丢了，我们如果不起来反抗，不起来战斗，明天，我们的华北也要丢，华东和华南也要丢，整个中国都要丢。在这个时候，我们应该团结起来，拿起我们手中的武器，和日本鬼子血战到底，我们才能把鬼子赶出东北，赶出中国。”会议还发表了《关于反对帝国主义军事侵略东北三省宣言》，号召热血奔涌的东北人民团结起来，和日本帝国主义作坚决的斗争，直至把他们赶出中国。

罗登贤是一个善于学习、厚积薄发的人，他敏锐的政治洞察力和果断的行事方式，以及对同事的关心帮助，使他深受大家尊敬。“九一八”事变之后，罗登贤一边等待中央的布置和指示，一边将北满特委的同志召集起来，讨论研究具体的斗争对策。

因为党的活动频繁，中共满洲省委在沈阳遭遇到多次破坏，隐蔽和转移开展新的斗争成为应对搜捕的主要办法。当时，日本特务的魔爪还没有伸向冰城哈尔滨，罗登贤和中共满洲省委书记张应龙决定把省委关于发动群众和日本帝国主义进行斗争的会议转移到哈尔滨举行。

这是由北满地区党的高级干部参加的紧急会议，为安全起见，会议地点设在党的联络站联络员冯仲云的家里。冯仲云的家住在哈尔滨江桥下一个叫牛甸子的小岛上，松花江的水将小岛和外面完全隔绝了开来。会议从下午一直开到晚上，在一盏跃动着火焰的油灯下，一张张被映红的严肃的面庞，体现出革命者在斗争面前的坚定。

罗登贤对参加这次会议的冯仲云、廖如愿、周保中等人说：“目前，资本主义世界已经出现了经济危机，为了摆脱这场危机的灾难，为了缓和阶级矛盾，日本帝国主义计划逐步实现其蓄谋已久的独霸中国的政治野心，它的初步计划就是侵略我国东三省，在这危急的关头，国民党蒋介石以不抵抗政策，出卖东北同胞，我们中国共产党人一定要与东北人民同患难、共生死。敌人在哪里蹂躏我们的同胞，我们共产党人就在哪里和广大人民一起，与敌人进行抗争！”

在分析了当前的形势后，看着同志们凝神屏气的庄重神情，罗登贤接着说：“同志们，不驱逐日寇，共产党员谁也不能离开，谁离开谁就是胆小鬼，就是逃兵、叛徒！”

罗登贤讲话时，油灯微弱的光线正好把他瘦高的身影照在身后低矮的墙上，被拉长的影子和有着明显南方人特征的清癯的脸，此刻是那般地沉稳冷峻。

9 月 21 日，罗登贤回到沈阳，他和张应龙一起，又召开了满洲省委会议。在会上，他宣读了《关于日本帝国主义武装占领满洲与目前紧张任务的决议》，号召广大人民群众迅速行动起来，投身到反抗日本帝国主义的斗争中来。同时还以通电的形式，揭露了日本帝国主义企图吞并中国的侵略野心，以及国民党反动派在民族大义面前消极抵抗的无耻行径。

就在民族存亡成为中华民族首要问题的时候，1931 年深秋的红都瑞金，终于等来了一个重要的会议。11 月 7 日至 20 日，中华苏维埃第一次全国代表大会在瑞金叶坪隆重召开。出席大会的有来自中央苏区、闽西、赣东北、湘赣、湘鄂赣、琼崖等苏区的代表，以及红军、全国总工会、全国海员工会等代表，共六百一十人。越南、朝鲜也有人应邀出席大会。

在会上，毛泽东代表苏区中央局向大会作《政治问题报告》。大会通过了《中华苏维埃共和国宪法大纲》以及《中华苏维埃共和国土地法》《中华苏维埃共和国劳动法》《中华苏维埃共和国关于经济政策的决定》等法律文件。大会选举产生了毛泽东、项英、张国焘、周恩来、朱德等六十三人组成的中央执行委员会，毛泽东当选为中央执行委员会和人民委员会主席，项英、张国焘任副主席，罗登贤当选为中央执委会委员。会议还决定，中华苏维埃共和国临时中央政府设在江西瑞金。

同在11月，瑞金秋色馥郁，而东北却寒气逼人。罗登贤和周秀珠都是南方人，对于北方过早到来的严寒，还是有很多的不适应。11月份，在广东和香港，还是秋水荡漾、绿色葳蕤的迷人季节，而东北，早已是大雪纷飞、冰天雪地了。对这样的环境，罗登贤和周秀珠更多地是感到新鲜。在他们的心里，他们所经历的每一项工作，哪个不是从困难中突围出来的呢?

就在这时，给罗登贤和周秀珠带来了比天气的寒冷更为严重的消息：中共满洲省委军委书记廖如愿和宣传部秘书杨先泽在街上往家里赶，约好和省委书记张应龙碰面洽谈工作，突然遭遇特务搜捕。敌人从他的衣袖里搜出了党的文件，两人被逮捕后叛变。廖如愿禁不起恐吓供出了自己的住址，于是特务紧急赶到廖如愿住处进行伏击，张应龙也随之被捕。在牢房里，面对凶残的敌人的皮鞭，张应龙表现得英勇不屈，后来敌人在施用老虎凳和辣椒水时，张应龙终于招架不住，叛变了革命，并供出了省委机关，导致满洲省委遭受严重破坏。

1932年1月1日，中共中央在新年的第一天，发表了《中国共产党对于时局的主张》，在民族存亡的生死关头，鲜明地表达出自己的观点和立场：

全中国的民众现在是处在一个生死存亡的关头！帝国主义列强对于我们的侵略是日益加紧。日本帝国主义已经占领了东三省。法帝国主义的军队，已经由云南、贵州、广西等省侵入。英帝国主义实际上也已经占有了西藏、西康。帝国主义列强各自运用他们的武力、财力，争取着瓜分中国，剥削中国的民众，要把数万万中国的劳动民众，放在它们的屠刀下面，永远变成它们的奴隶牛马。

《主张》还要求：

只有全中国的民众团结起来，组织起来，武装起来，坚决地进行反对帝国主义与国民党的民众的革命斗争，推翻帝国主义与国民党在中国的统治，建立工农民众自己的政权，我们才有出路。

面对满洲省委发生的主要领导的叛变变节，并为了使东北人民对日斗争不受影响，1932年1月，中央任命罗登贤为中共满洲省委书记兼组织部长，聂树先为宣传部长，金伯阳为职工部长，杨林为兵委书记，组织部长后来由何成湘担任。

罗登贤走马上任后，迅速对遭受破坏的各级党组织进行了恢复，并于年初将省委机关从奉天迁往哈尔滨。在哈尔滨，为了安全和方便联系基层党组织，省委在十六道街口开了一间文具店，以此作掩护开展工作。从隐蔽的角度着想，罗登贤则住在偏脸子附近的一个经受过考验的共产党员的家里。这时满洲的党员已经超过了两千人，正确的革命策略能让抗日的队伍迅速壮大起来。在偏脸子，人们时常看到一个戴着眼镜、穿着长衫、一副教书先生模样的人从街上走过，从他的神情里，流露出的是从容和淡定、勇敢和坚毅。

就在罗登贤在东北为革命事业而奔忙的同时，周秀珠也一刻没有停歇。作为妻子，她用温柔和贤淑给罗登贤关怀和体贴；作为助手和同志，她在工作中总是以党的事业为先，默默分担着罗登贤肩上的重担。在冰天雪地中，她总是用围巾把头裹得紧紧的，一个人穿行在去电车厂、烟厂的路上。东北的天气太冷，她常常是一边哈着手，一边小跑，红扑扑的脸上泛出红润和朝气。在她的努力下，电车厂和烟厂的工会以及反日会等组织都将反日运动开展得轰轰烈烈，有效地驰援了东北的抗日斗争。

1932年初，罗登贤在1931年10月20日出版的《红旗周报》上看到了中央军委书记周恩来以“伍豪”笔名发表的文章《日本帝国主义占领满洲与我党的当前任务》，看完后非常激动，因为自己的想法与周恩来的观点不谋而合，这大大坚定了他建立抗日革命武装的信心。1932年1月15日，他召开满洲省委会议，组织省委成员进行认真学习，他认为，只有在群众斗争中建立党领导的人民武装，才能让抗日救国得到保证，同时，党只有以这样的武装力量为核心，才能支持、援助和联合其他非党的力量，一起反对日本侵略者。

会议结束之后，罗登贤和满洲省委先后派出一百多名党团员干部，赴东北各地独立创建抗日游击队，还从反帝大同盟、互济会、反日会等进步团体中，抽调大批骨干到义勇军部队开展统战工作，宣传党的抗日主张，发展党团员，组建党小组和支部，将东北义勇军抗日救国斗争推向新的高潮。

1月27日，中共中央发出《为武装保卫中国革命告全国民众书》，其中指出：

日本帝国主义占领了东三省，占领了热河，现在又想占领上海了。国民党除了不抵抗与投降之外，在日本帝国主义的威吓之下，现在更将采取积极步骤来对付全中国的反日民众了。国民党政府将对于日本帝国主义所提出的解散一切民众反日的团体与镇压民众反日运动的要求，实际上已经表示了完全的接受。全上海以至全中国的民众，将在日本帝国主义与国民党以及其他帝国主义的合作之下，遭到空前的屠杀。

我们现在是处在生死存亡的紧急关头。我们只有一致团结起来，才能抵抗日本帝国主义以及其他帝国主义与国民党的联合进攻。我们必须毫不迟疑地实行罢工、罢课、罢操、罢岗，必须每一个人迅速地自动武装起来，成立义勇军，组织纠察队，举行兵士和民众的大联合，推翻国民党的统治，建立民众自己的政权，对日帝国主义与一切帝国主义进行民族的革命战争，我们才能给帝国主义与中国的地主资产阶级以致命的打击，保卫中国不再受帝国主义和国民党的蹂躏。

根据中央指示精神，在罗登贤的领导下，一幅在东北黑土地上风起云涌的抗击日本帝国主义的斑斓画卷，正次第展开。

1932年春，由于不堪忍受反动资本家剥削，安东丝厂工人为要求改善生活待遇起来罢工。一石激起千层浪，随后，哈尔滨烟厂、电车、印刷厂、棉织厂以及奉天的烟厂、兵工厂、纱厂，还有抚顺和鹤岗的煤矿、长春的砖窑厂等相继举行罢工，就连中东铁路、北宁铁路的工人也加入到罢工的行列。罢工在斗争中由一开始为了改善生活待遇的罢工，在高涨的抗日情绪面前，迅速转化为对日的政治斗争。罢工开始后，奉天烟厂和奉海铁路的工人包围了日伪警察署；奉山铁路的工人大骂黄色工会是日本帝国主义豢养的狗，在国难到来时专干蒙蔽工人的坏事；吉海铁路的工人则以损毁铁路的方式，阻止日军进攻抗日义勇军，呼吁人们拿起武器，和日本侵略者作坚决的斗争。

在工人运动蓬勃开展时，农民们也纷纷起来，进行革命。珠河、延吉、汪清、珲春、盘石等地农民打开了地主的粮仓进行分粮，展开了抗租、抗债的示威游行；庄河、海城的农民为抗捐抗税举行武装暴动，他们包围了日伪县政府，驱逐了反动县长。

义愤填膺的学生和知识分子也走上街头，他们喊着“打倒日本帝国主义”“日本人滚出中国”等口号，用青春汇成革命的激流。

满洲省委在紧急时刻从奉天向哈尔滨转移，在短时间内与中央失联。1932年4月，东北大地刚刚从解冻的冰面上苏醒，中央派来的巡视员饶君强就找到了罗登贤，带来了中央关于发动武装抗击日本帝国主义的最新指示。在哈尔滨市南岗吉林街的一间小房子里，召开了省委扩大会议，由罗登贤主持，省委委员何成湘、李实、杨林、冯仲云、杨一辰、何成德等参加了会议。饶君强在传达了中央指示后，罗登贤说：“中央要求我们根据各种抗日武装的具体情况，采取派驻党员的方式到武装队伍担任领导职务，派有经验的干部、知识分子从事义勇军的军事工作，这样可以加强党对武装力量的领导，有利于联合各种抗日救国力量掀起声势浩大的抗日热潮。”

会上，罗登贤宣读了派遣到各地建立抗日武装的名单：派省委代理军委书记兼全满反日会党团书记杨靖宇到盘石、桦甸、海龙、金川、伊通双阳等地建立海龙反日游击队；派省委常委金伯阳到黑龙江组织哈尔滨反日总会，发动工人起来进行反日斗争；派省委常委、省委军委书记赵尚志到松花江北岸的农村组织发展抗联武装；派省委军委周保中到宁安等地组织绥宁反日同盟军，任中国国民救国军总参议、前方总指挥部参谋长；派党员李兆麟到奉天、辽阳组建抗日义勇军；派东满特委书记童长荣在延吉、和龙、珲春等地建立抗日队伍。

省委秘书长冯仲云带着两名党员赴汤原建立游击队时，只有二十四岁，操着一口南方口音。由于他一直在省委工作，并没有基层农村的工作经历，当时汤原县汉族人比朝鲜族人少，共产党员里汉族的更少，在这样一个少数民族地区开展抗日工作，冯仲云感受到了难度和挑战。在罗登贤的指导下，后来冯仲云通过发动朝鲜族共产党员来动员老百姓入党，取得了不错的效果。在冯仲云动员领导下，短短半年时间，汤原县游击队由小到大，由弱到强，后来发展成为令敌人闻风丧胆的东北抗日联军第六军，不少中国民众加入中国共产党，党组织进一步得到了壮大。

与此同时，经省委研究，罗登贤又派出一批党员和进步知识分子打进黑龙江省政府代理主席马占山、吉林省自卫军总司令李杜、救国军总司令王德林等人率领的武装内部，开展政治工作。这些武装发展得很快，当时已经有三十多万人，分散在长白山深山老林里和松花江两岸。由于组织混乱，在抗击日本军队时常常被敌人击溃，罗登贤想以党的领导把这些抗日的种子保留下来。

1932 年初春，为了秘密组织一支日伪警备队的哗变，罗登贤和赵尚志在省委秘书长冯仲云的家里对警备队起义的具体方案进行了研究，并起草和印刷有关起义的文件、传单。当时，哗变的事不小心走漏了风声，情况万分紧急，大家只好争分夺秒连夜工作。罗登贤负责写传单，冯仲云负责放哨、搬纸，冯仲云的妻子——省地下党满洲省委的内部交通员薛雯负责递纸，赵尚志负责用石印机印刷。夜深人静，为防止印刷机声被街道上的巡警听到，薛文就打开了一个藤箱，让出生不久的女儿坐在箱子里面，不时掐一下孩子的小腿，让她的哭声来掩盖印刷机发出的声音。专注投入工作的罗登贤诙谐地说："也真是苦了我们囡囡了，为了安全完成任务，也不得不让她参加了我们的工作，革命也给她记上一笔。"

作为满洲省委的内部交通员，薛雯负责在各省委常委间传送文件和报告。为了节约经费，薛雯从不舍得坐电车，总是疾步快走甚至一路小跑，将文件送达到该送的地点。为了确保文件的安全，薛雯有时把文件贴身藏好，有时为了掩护，就把文件裹在小女儿的肚子上，抱着女儿去完成任务。

薛雯后来回忆和罗登贤的相识和相处时，动情地说："他和满洲省委组织部长、北满特委书记等人常在我家开会，商谈工作。他还时常讲一些革命道理开导我，经常说做革命工作要经得起风吹雨打，阶级斗争的知识要从革命的实际斗争中去寻找，革命的理论要在实际工作中去不断提高。他说，自己过去是个船厂的小伙计，不大识字，没什么文化。后来在师兄的帮助下，逐渐认识革命，参加了中国共产党。在革命队伍里，从最简单的学起，慢慢学会了读传单、读文件，到后来自己写文件、报告。他参加了广州起义和许多革命活动。在这些实际革命中，他的文化、理论水平和工作能力也逐渐提高了。这样，才能为党做一些工作。"薛雯说她当时刚刚入党，对革命的认识很肤浅，罗登贤的开导对她帮助很大。

在薛雯的心里，罗登贤是一个能够一心多用的人。有一次，杨靖宇来向他汇报工作，看到罗登贤正写着一份报告，便站在一旁等着。此时，罗登贤停下手中的笔，抬起头笑着对杨靖宇说："你说你的，我写我的，不耽误事。”于是他就一边写着报告，一边听着汇报。当时，薛雯就在旁边等着罗登贤写完报告送给其他省委常委看，心想这罗书记也太厉害了，同时可以做几件事情，真是很了不起！不一会儿，罗登贤报告写完了，接着对杨靖宇汇报的情况作了详细指示。

在工作中，冯仲云和薛雯对罗登贤充满着尊敬，本来冯仲云是可以跟随学校去青岛读书的，但罗登贤为民族生死而战的不怕牺牲的革命者的行为深深感染了他，点燃了他心中的革命火焰，便一直跟着罗登贤一起战斗。

在东北组织抗联队伍时，罗登贤对杨靖宇和赵尚志一直心存景仰，寄予厚望。在他心里面，这是一种英雄相惜，也是在抗日斗争中心与心的相守。

杨靖宇和罗登贤同岁，1905 年出生在河南省确山县古城乡李湾村一个贫困农民家庭里，幼时在村私塾就读，1918 年以优异的成绩考入确山县立第一高等小学堂。1919 年，他积极投身五四运动。1923 年秋，他考入河南省开封纺染学校，并于 1926 年在该校加入中国共产主义青年团。同年冬奉党团组织的指示，回确山县领导农民运动，第二年春被选为确山县农民协会会长。到了 4 月，他领导了震惊中外的豫南农民起义，即“确山暴动”，组织了五万农民武装围攻确山县城，经过四天的激战，占领了县城，打垮了北洋军阀第八军的一个旅，活捉了县长王少渠，建立了中国共产党领导的县级人民政权——确山县临时维持治安委员会，杨靖宇被选为常务委员。6 月 1 日，在确山县城关镇老虎笼由共青团员转为中国共产党员。

1927 年 7 月 15 日国民党武汉政府叛变革命后，杨靖宇和李鸣岐、张家铎、张耀昶等领导了刘店秋收起义，重新组织中国共产党确山县委员会，并成立了中国工农红军豫南游击队，任总指挥。这支部队一时间打退了国民党反动武装的多次进攻，控制了东至马乡、南至明港、西至县城、北至水屯一百多里的大片地区，建立了苏维埃政权，并开辟了四望山革命根据地。

1927 年秋末冬初，杨靖宇被调往河南省委工作，其间三次被捕入狱，均被党营救获释，随转上海。

1929 年 8 月，杨靖宇被刘少奇看作是“得力同志”而被派到抚顺，任中共抚顺特别支部书记。他到抚顺后，即融入西露天矿的矿工之中。为便于工作，杨靖宇就住在抚顺欢乐园福合客栈里。杨靖宇了解到在矿工中有很多是山东人，他便自称是与河南省东北部相毗连的山东曹州人，叫张贯一。每天，杨靖宇拿着丁字镐和矿工们一起下到潮湿阴暗的矿井，干着又脏又累的活，吃着发霉变质的玉米面窝窝头，了解到很多矿工被饿死、打死，被爆炸的瓦斯熏死、烧死的情况。因为他是外乡人，矿工们怕是矿上派来的侦探，竟对他表示了怀疑。看到这些情况，杨靖宇心里很高兴，他知道，矿工们对他冷眼相待，说明他们警惕性高。经过一段时间的接触，矿工们见杨靖宇耿直、热心、体贴，都亲切地称其为“山东张”，也很愿意跟很仗义的杨靖宇在一起了。

杨靖宇个子高，又很会说话，很多人都认为他是关东大汉，和矿工们熟悉起来之后，他们就在一起认“拜把子”兄弟，还以组织兄弟团、识字班等形式，把矿工们团结在一起。

杨靖宇性格豪爽，也很有谋略。日本矿主为了更大限度地压榨矿工们的血汗，决定裁员，加长工作时间。矿工们即将失去饭碗时，他号召工人们起来罢工，向日本矿主提出改善劳动条件、增加工资等要求，遭受很大经济损失的日本矿主只好被迫答应了矿工们的条件。

这一时期，杨靖宇以巧妙的工作方法，迅速将抚顺党组织和工人运动发展壮大起来，矿工们也对“山东张”充满了信任。

由于在抚顺领导当地矿工罢工，杨靖宇又两次入狱，面对严刑拷打，他坚贞不屈，始终没有承认自己是共产党员。“九一八”事变后在组织的营救下，杨靖宇出狱，从此在中共满洲省委的领导下和罗登贤一起并肩战斗，历任中共哈尔滨市道外区委书记、哈尔滨市委书记、满洲省委军委代理书记。

1932 年 4 月，在满洲省委会议上，杨靖宇接受省委和罗登贤的指示，到吉林接替负伤回哈尔滨养伤的杨奠坤组建武装队伍，进行抗日斗争。

其实在会议之前，罗登贤和杨靖宇有过一次长谈。

“靖宇同志，你是 1926 年入党的老同志，又在确山领导过秋收起义，还成立了豫南游击队，开辟过革命根据地，现在东北全境已经被日本鬼子占领，我们要实现抗日的目标，就要组建抗日联军，现在省委派你到南满去，到盘石去，到桦甸、海龙、金川、伊通双阳等地建立海龙反日游击队，你有没有困难?”罗登贤用坚毅的眼神看着杨靖宇说。

“感谢省委对我的信任，我一定遵照省委的意见和部署，到这些地方去，迅速进行发动和组织。”杨靖宇也用坚定的语气表明自己的观点。

“你遵照少奇同志的指示，来到抚顺之后，和矿工们打成一片，对他们的想法也有比较深入的了解，这对你进行发动他们参加抗日联军的工作很有利。 对此，你有什么想法?”罗登贤向杨靖宇深入地了解关于组建步骤和想法。

“他们都是穷苦大众，平常在矿上也受尽了日本矿主的压迫。 现在鬼子打进来了，这些日本矿主对矿工的压迫和剥削更是有恃无恐，在无形之中已经加大了他们的反日情绪，这些对我们发展组织抗联队伍都很有利。”杨靖宇停顿了一下，又接着说，“这些矿工也不都是抚顺本地人，有很多人都来自附近的各县。 他们一般也都是亲戚拉亲戚，朋友拉朋友，一起到矿上来打工的，家乡观念和个人义气都很强。有的时候，只要有一个人振臂而呼，其他人就会跟着响应，这些都是我们开展工作的有利条件。”

对杨靖宇鞭辟入里的分析，罗登贤给予了充分的肯定，他接着跟杨靖宇说:“队伍组织起来后，我们要利用东北严寒的气候和莽莽雪原跟鬼子作坚决的斗争。 我们既要发动东北的乡亲，也要巧妙利用东北的环境，这里的乡村、河流、山岗和森林，都是我们的战场。我相信，我们的抗联队伍一定会让日本鬼子吃尽苦头。”

这一次谈话，罗登贤从杨靖宇那里获得了信心，杨靖宇从罗登贤那里获得了力量。

11月份的东北大地已经成莽莽雪原，此时，杨靖宇被派往南满，到吉林磐石一带组建抗日联军。他按照中国工农红军的经验整顿当地游击队，组成中国工农红军第三十二军南满游击队，并担任政委。杨靖宇领导游击队运用灵活机动的游击战术，在根据地人民的大力支援下，粉碎了敌人四次围攻，并主动出击，在不到五个月的时间内，进行大小战斗六十余次，打死打伤日伪军一百三十余人，缴获许多武器弹药。游击队在战斗中越战越强，由建队时的不足百人，扩大到两百五十余人，声威遍及南满。

当时，南满磐石地区有许多股各种番号的反日义勇军、山林队。其中主要有“老长青”“朱司令”“云中飞”“青林”“毛团”等十几股武装。杨靖宇采取写信、发传单和派人主动联系等办法，对他们做好团结争取工作，让他们齐心协力，共同抗日。在“马团”“赵团”受到日伪军的进攻，队伍处境困难时，杨靖宇立即带队前去解围。后来，这两支队伍和南满游击队团结战斗。

杨靖宇还亲自出面去做多次围攻过抗日部队的“毛团”的工作，最后，经过争取，该团首领毛作彬同意与游击队联合作战。

杨靖宇团结各路抗日武装，创建了以磐石县红石砬子为中心的游击根据地，完成了满洲省委和罗登贤交给他的组建盘石抗日联军的任务。

赵尚志比罗登贤小三岁，是热河朝阳人。他1925年就加入了中国共产党，同年冬季进入黄埔军校第四期学习。

1926年大革命失败之后，赵尚志回到东北从事革命活动，先后在哈尔滨领导组织学生运动，以及在双城和长春开展党的工作。同年10月，中共长春支部正式成立，赵尚志在中共长春支部负责党的长春通讯站工作。赵尚志还利用国共合作的时机，与国民党员一道成立了国民党吉林省党部，并担任常务委员兼青年部长。1927 年 3 月 2 日，他在活动时被日本特务机关发现并告密，被奉天军阀驻长春宪兵逮捕并关进了长春第一监狱，后被押至南京。在南京，面对国民党反动派的诱供，他始终坚持说自己是国民党员，没有暴露共产党员的身份，南京方面只好于 5 月 20 日将他释放出狱。

1930 年秋，到达奉天的赵尚志被分派在中共满洲省委做团的工作。不想，在 1931 年 4 月，他因为激进的言行，又一次被捕入狱。在狱中，赵尚志面对严刑拷打，他严守党的秘密，始终坚称自己只是一个小商人。“九一八”事变后，在满洲省委和罗登贤的营救下，再次出狱获释。

1932 年初，中共满洲省委任命赵尚志为省委军委书记。面对东北大部分国土被日军占领，省委要求赵尚志尽快成立一支反满抗日武装，以武装斗争直接反抗日本帝国主义。面对严峻的局势，东北长大的赵尚志，主动向满洲省委和罗登贤提出，让他离开哈尔滨，秘密前往巴彦县到张甲洲领导的巴彦游击队工作。

尽管赵尚志比罗登贤年纪小，但是在和赵尚志的接触中，罗登贤感受到了一个青年的热情、机敏和真诚。

派赵尚志到松花江北组建抗日联军，罗登贤是经过慎重考虑的。赵尚志是入党多年的老党员，还进入黄埔军校学习过，他具备担当一支地方武装领导人的基本条件。

一天晚上，从冯仲云家开会出来，罗登贤和赵尚志顺着松花江朝前走，尽管已经是暮春了，但夜晚的松花江畔，依然给人以寒凉的感觉。

丝丝凉风吹在脸上，罗登贤对赵尚志说：“这次组织派你到松花江北岸去发展抗联组织，对你寄予了很大希望。你在黄埔军校学习过，军事基础非常好，所以，你到达江北组建抗日联军后，要把军事训练抓起来，给日本鬼子以痛击。”

赵尚志看着松花江宽阔的江面，用坚定的口吻对罗登贤说："请省委放心，我一定竭尽全力将队伍组织好训练好。"

罗登贤看着赵尚志，从他青春的脸庞上，他觉得还有一句话应该给他以提醒："现在国民党实行攘外必先安内的政策，所以对于我们共产党来说，抗日斗争将变得十分艰巨和困难，所以，我们一定要谨慎行事，却不可盲目自信，稍有不慎，就会给斗争造成不良后果，给革命带来损失。"

赵尚志点了点头，把罗登贤的话深深记在了心里。

1932 年 11 月，根据满洲省委的指示，巴彦游击队被编为中国工农红军第三十六军江北独立师，张甲洲任师长，赵尚志任政治部主任。这支抗日队伍在张甲洲、赵尚志等的领导下，深入敌后，开展游击战争，曾攻占巴彦县城，打下康金井火车站，进行西征，横扫北大荒，给日本侵略者以沉重打击。

面对赵尚志领导的抗日武装的不断进攻，日本鬼子决定在松花江北岸进行疯狂扫荡。一天夜里，辛苦了一天的游击队员还在炕上熟睡，鬼子已经从树林里摸了过来，用匕首杀了树林里的暗哨。好在有一个队员起来小解发现了树林里的动静，惊醒了游击队员。一场激战之后，伤亡巨大的游击队利用夜幕的掩护和熟悉地形的优势，才得以小部分突围，游击队最后只好解体。

不久，赵尚志把打散了的队伍集合起来，通过发动，重新拉出了一支队伍，准备偷袭县城时，遭到鬼子的埋伏，队伍又一次被打散。

这两次对日斗争的失败，赵尚志承担了相应的责任。他在自责懊悔中想到了暮春时节的松花江边罗登贤跟他讲的一席话，年轻的他最终还是没有战胜年轻气盛，使队伍遭受重大损失。他后来想到，其实第二次失败是完全可以避免的，因为被鬼子偷袭之后，打散的队伍最应该做的事情应该是休整，找准机会再出击，而他因为急于复仇，没有考虑到敌强我弱的实际情况，中了鬼子的埋伏，犯了兵家之大忌。

1932 年底罗登贤离开东北回上海时，赵尚志没有机会和罗登贤告别，但是，在挫折和失败之后，他把罗登贤的每一言每一语都时刻记在心里。一个革命者，在斗争中依靠的不是个人义气，而是纪律和决心，只有这样，天平才会向胜利的一边倾斜。

1933年3月，为了能够继续抗日，赵尚志只身从哈尔滨来到宾县投奔义勇军孙朝阳的队伍。

遭受重大挫折的赵尚志此时身无分文，也没有一条枪，他只好孤身一人来到队伍里。接连遭受失败，他也不好报上自己的姓名，义勇军里的人看他个子小，身体又单薄，都不想收留他。

赵尚志并不灰心，他找到长官说："你们别看我个子矮，啥都能干，当兵打仗，挑水做饭，样样都行！"

义勇军人看赵尚志很机敏，像一个做过事情的人，就同意收下了他。

1933年4月，一次战斗中，孙朝阳的部队被日军围困在宾县东山，处境十分危险。在这危急时刻，赵尚志来到孙朝阳的面前，跟他说："像现在这样一步一步退却，不是等死吗？眼下，必须以攻为守，最好是派出一个小分队奇袭宾县县城。胜了，可以削弱日军，获得战利品，补充自己；不胜，也可以牵动这里的日军，我们好乘机转移，跳出包围圈。"

赵尚志的一番话，孙朝阳听得直点头。于是，他就让赵尚志率领着一部分人攻打县城。战斗中，赵尚志带领大家猛打猛冲，终于把县城攻了下来。孙朝阳的大部队趁日军回救县城之机，终于突围成功，化险为夷。事后，孙朝阳十分高兴，委任赵尚志为参谋长。

1933年，赵尚志都二十五岁了，按当地习俗，早就过了谈婚论嫁的年龄，可他却顾不上个人的终身大事。他父母抱孙心切，便隔三岔五地催他找个对象，可赵尚志就是不同意。有一次，母亲又催促赵尚志。赵尚志被逼急了，就索性对母亲说已经订婚了。母亲怎么也不相信啊，非让他把媳妇带回家来让她看看不可。不料没过几天，赵尚志就往家里带回来了好几个女抗联队员。进门之后，她们就围着赵尚志的母亲，左一个大妈，右一个大娘地叫个不停，把老人家弄得晕晕乎乎的。从此之后，老人家再也不催促赵尚志结婚生子了。其实，赵尚志并不是不想结婚成家，他只是容不下日本鬼子的铁蹄在中国国土上肆意践踏，因为他跟他的战友说过：“不驱逐日寇，就决不成家！”君子一言，驷马难追，堂堂东北爷儿们，一口吐沫一口坑。

1933 年 10 月 10 日，赵尚志带领七名同志起义，在中共珠河县委领导下建立珠河反日游击队并担任队长，后改编为哈东支队，任司令。1934 年 5 月，赵尚志率领的反日游击队接连攻克了五常和巴彦两座县城。这支由中国共产党直接领导的抗日武装在赵尚志的率领下，给了侵华日军以沉重打击。1934 年 6 月，珠河反日游击队扩编为“东北反日游击队哈东支队”，赵尚志被任命为总司令。

转眼到了夏天，临时中央于 1932 年 6 月 24 日在上海法租界秘密召开了北方各省省委代表联席会议，会议由张闻天、李竹声和康生等人主持，直、鲁、豫、陕和满洲等省代表参加了会议。罗登贤因为在东北领导抗日，派满洲省委组织部长何成湘和中央巡视员李实与会。在会上，何成湘根据离开满洲时和罗登贤交换好的意见，对“九一八”事变后东北开展的抗日民族运动作了发言，他说：“东北情况和关内很不一样。日本帝国主义占领东北以后，东北已经成为殖民地，还成立了傀儡政府满洲国。东北的工业实际上也被日本帝国主义所控制。加上东北人民的政治觉悟和关内还有差距，党的基础也较为薄弱，所以群众组织还没有得到广泛开展。当前，满洲的革命斗争主要是发动和领导东北人民群众与日本帝国主义进行的民族斗争，这和南方各省的革命斗争有所不同，在东北，应该把工作的重点放在领导和组织东北人民进行抗日武装斗争上来。”

本来，这样的观点是罗登贤和满洲省委从实际出发，向中央对东北革命局面的如实报告，但是，“左”倾冒险主义却认为，中国依然处在革命与反革命的斗争博弈之中，满洲省委的观点和做法是右倾机会主义和彻头彻尾的“满洲特殊论”，要求东北和关内一样，省委应该把精力集中在城市，搞罢工、罢课、罢市以及游行集会。

会上，他们还点名批评罗登贤和满洲省委，说满洲省委发动的工农群众和日本帝国主义的斗争是绿林好汉的义气，还攻击东北人民的抗日斗争是受国民党政府的蛊惑，指责罗登贤和满洲省委对东北革命高潮的到来缺乏信心；不经调研，武断地说革命的风暴在中国北方突飞猛进地发展着，东北工人的斗争是顽强的，反攻已经占据绝对优势，而且差不多所有的经济斗争，很快就会发展成为政治斗争，汹涌的革命浪潮，一定会吞噬“北方落后论”的论调。

他们还指责罗登贤和满洲省委，对反帝民族斗争的领导采取的是“左”的空谈和右的消极，派党员到各地区发展武装，是让党领导的群众去接受国民党的领导，群众武装的建立是狭隘的路线问题，让罗登贤和满洲省委时刻牢记全国一盘棋的思想，和南方的城市一样，在北方创建苏维埃政权，完成中央交给的任务。

这次会议整整开了七天，会议通过了《革命危机的增长与北方党的任务》《开展游击运动与创造北方苏区的决议》《关于北方各省职工运动中心几个主要任务的决议》等决议。这些决议根据共产国际的指示，对六届四中全会精神进行了新的阐述，完全背离了北方各省尤其是东北三省的实际情况，标志着“左”倾冒险主义在中央已经完全占据了主导地位，也为党在接下来的革命斗争中遭遇挫折埋下了伏笔。

鉴于对罗登贤的不满，北方会议以后，临时中央撤销了罗登贤满洲省委书记以及何成湘组织部长的职务，同时任命李实为满洲省委代理书记，实现了心胸狭隘、刚愎自用的在党内一直施行顺之者昌、逆我者亡的部分领导人对满洲省委的改造。

李实上任之后，为了表达自己从思想上到政治上对中央决定的完全接受，满洲省委连续两次召开了省委会议，对中央指示进行传达。7月中旬，省委又在哈尔滨南岗召开扩大会议，罗登贤和何成湘也被指令参加了会议。会议在李实的主持下，传达了“北方会议”精神，并让大家积极发言，对罗登贤主持的省委工作进行批判，彻底否定前期省委的所有工作。罗登贤和何成湘还被迫作了检讨。

会上，还通过了《接受中央北方会议的决议》《关于开展两条路线的斗争，为创造满洲的苏维埃政权而斗争告同志书》等文件。会议不分原则地对“北方会议”精神完全接受，对东北地区党的实际工作产生了很大的危害。

满洲省委扩大会议之后，罗登贤并没有因为遭遇不公正的处理而意志消沉，相反，他仍然以一颗共产党员的心投身最严酷的战斗。他以中共中央驻东北代表的身份坚持留在东北，为抗日的民族运动进行着艰苦卓越的工作。

1932 年 8 月，辽宁省政府代理省主席兼辽宁民众自卫军总司令唐聚五率领的东北义勇军在抗击日本军队失败以后，当时受河北省委领导的“东边特委”中有很多学生出身的党员，他们都希望在此时回到北平去，只有北平私立华北大学学生李兆麟等四人因为和奉天特委有横向联系而留在了奉天。1932 年 7 月，李兆麟领导的义勇军已发展到近七千人，于 8 月 28 日深夜和奉天的林子升、辽阳各地的游击队，以及东北义勇军第二十四路军近万人，一起向奉天发起攻击，他们在敌伪公安队、城内伪军军警和便衣队内应的策应下，冲进南关和飞机场，破坏了航空处、兵工厂、电台，还烧毁了飞机库和七架飞机。这一创举，沉痛打击了日寇司令部。罗登贤在奉天见到李兆麟时，当即指示他留在奉天，参加奉天特委领导下的党的工作，组织关系也由中央负责递转。就这样，在罗登贤的挽留下，李兆麟一直在奉天领导东北抗联与日本侵略者进行战斗。

唐聚五是抗日将领。“九一八”事变发生后，日军发动了对东北守军的攻击。第二天，日军突袭凤城，一团团长被俘后投降。这时唐聚五未在凤城，事变发生以后只身来到北平，向东北军司令张学良主动请战抗日。于是张学良升任他为第一团团长，让他回东北就职。面对东北三省被日本侵略者占领的境况，唐聚五率部在辽宁省桓仁县高举抗日大旗，开始了反抗日本帝国主义侵略的战斗，前后与敌相持了长达约八个月。在罗登贤和满洲省委的努力工作下，1932 年 3 月 21 日，唐聚五等人在桓仁召开秘密会议，出席会议的代表达三十余人。经过会议研究决定，成立辽宁民众救国会和辽宁民众自卫队。救国会设政治委员会和军事委员会，唐聚五为军事委员会委员长。军事委员会，设辽宁民众自卫军总司令部，公推唐聚五为总司令。会议决定 4 月 21 日，举行起义。辽宁民众自卫军在唐聚五的领导下，队伍日益强盛，至 8 月份队伍已扩大到三十七路，近二十万人，与日伪军战斗一百多次，收复东边道十四个县。辽宁民众自卫军成为东北义勇军的一支生力军。

罗登贤还积极开辟农村抗日武装，建立大刀会、红枪会等农民武装，让寒光闪闪的大刀和尖锐锋利的红缨枪在抗日战场上成为抗击日本侵略者的武器。

在以罗登贤为首的中共满洲省委领导下，东北义勇军抗日斗争进行得如火如荼，轰轰烈烈。在抗日义勇军工作的开展上，很大程度上团结和吸引了东北社会各阶层的力量投入到反日斗争中来，为组建党直接领导的抗日武装赢得了时间，提供了经验，培养了大批军事人才，为东北抗日武装统一战线的建立做了大量的基础工作。

其实，罗登贤在东北从事革命活动，也常常是危机四伏，充满着凶险。他到达奉天不久，就引起了敌人的注意。一个操着南方口音的人，无论是装扮成商人，还是装扮成知识分子，身处异乡，人的气质和精神状态与本地人总还是有着很大的区别。平时上街，罗登贤总是非常警惕，多年的斗争经验告诉他，有一点点大意，都会给革命带来严重的后果。在一年多的时间里，无论是在奉天，在哈尔滨，还是在东北的其他地方，每次外出，他都格外地留心。有一次，特务了解到了他的行踪后正准备抓捕，他从一个恍惚的眼神里预感到不远处有人在逼近他，便巧妙利用人群的掩护虎口脱险，机智沉着地躲过了敌人的搜捕。

周秀珠为了多做工作，怀孕以后也不休息，常常腆着大肚子，不顾危险，奔波在东北的大街小巷中、林海雪原里。1932 年 10 月 27 日，她在哈尔滨生下了一个男孩，取名罗伟民。这是罗登贤和周秀珠爱情的结晶，也是他们革命的继承人。

作为东北抗日武装统一战线的创始人，罗登贤于 1932 年底离开东北回上海，由中央另行安排工作。

离开东北时，罗登贤跟周秀珠说："当初，我们两个人来东北时，北方的气候还真的不是很适应，但是，在这块土地上，我们克服了重重困难，建立了抗日武装。我们应该感谢这块土地，感谢豪爽的东北的同志。尽管后来我们被组织误解，但无论怎么说，我们都是幸运的。我们有一批优秀的同志，为革命献出了宝贵的生命，而在这块土地上，我们还有了儿子。等今后儿子长大了，我们要告诉他，在生命的漫漫长途中，不要畏惧困难，也不要被委屈和不解伤害，东北这块土地给了我们一个最好的启示，就是再冷的严寒后面，一定是春天。"

东北的风雪分明是另一种风雨，在摔打之后，罗登贤变得愈加坚强。

第十三章 一颗忠心献给党

1932 年 12 月，罗登贤和周秀珠带着出生不久的儿子回到阔别多年的上海。罗登贤被分配到中华全国总工会上海执行局担任中共党团书记。这样的工作安排，显然是王明“左”倾冒险主义对罗登贤的排挤和打击，罗登贤没有抱怨和消沉，依然是乐观地接受，将个人荣辱置之度外，以坚强的党性，兢兢业业为党工作。

上班之后，有的人为罗登贤鸣不平，罗登贤就跟他们说：“能为党工作，这就是我最大的幸福。革命不是请客吃饭，该坐哪里，能坐哪里，有一套陈规陋习。我们很多的同志，在为党工作时都是能上能下，一个共产党员就要是一面镜子，放在哪里都要进行对照，对照自己的言行和党的标准符合不符合，能不能从正面激励和引导同志。”

为了不影响罗登贤以及自己的工作，周秀珠在儿子三个月大的时候，强忍着痛苦，决定将孩子送到香港罗登贤的姐姐罗才那里，请她代为抚养。

送走孩子的前一个晚上，罗登贤和周秀珠就着油灯看着儿子，心中很是不舍。周秀珠对罗登贤说：“毛毛都三个月大了，我们为了革命东奔西走，到现在连孩子的名字都没有起，明天这一别，还不知道什么时候才能够再次见面。”

罗登贤听着周秀珠的话，望着泪眼婆娑的周秀珠，又望着她怀里的儿子，想了想说：“就叫伟民吧，伟大的伟，人民的民，我们送走他，也是为了党和人民的事业。今后也要让他知道，人民的力量是伟大的，是不可战胜的。”罗登贤的一席话，给周秀珠增添了勇气。是的，人民的利益高于一切，他们所做出的牺牲，又算什么呢！

对全国总工会上海执行局的工作，罗登贤是熟悉的，到任之后，他就立即投身革命之中。

从东北抗日前线回到上海，罗登贤的脑海里，还是经常浮现日本铁蹄蹂躏中华大地的情景。他激愤，他痛苦，作为一个党员、一个战士，此刻不能战斗在抗日的前沿，他感到自己的一腔热血无以报效，他感到自己的生命会在远离战斗的地方一天天委顿下来。在他心里面，战斗是他对自己最好的警醒。所以，他立即和上海总工联领导日本纱厂工人开展反日大罢工，同时还组织铁路工人举行罢工，以阻挠国民党反动派运送士兵对苏区进攻。

罗登贤知道，要把艰苦卓绝、纷繁复杂的对敌斗争工作做好，仅凭热情和激情是远远不够的，做好组织领导工作，能让工作开展事半功倍。通过几周的调研和思考，罗登贤以中华全国总工会上海执行局党团的名义，举行了由罢工工人参加的代表会议，会议还通过了《反日斗争纲领》《拥护苏维埃》《工农红军的抗日救国宣言》等决议，同时还组织工人纠察队和抗日宣传队，以及组织上海工人救国会、工人反日会、抗日后援会等，将上海的工人团结起来，以各种方式，开展对日斗争。

就在罗登贤为抗日积极组织上海工人开展革命活动的时候，国民党把控的上海总工会也炮制出一个抗日救国会，混淆视听，企图迷惑民众，代替中共领导的上海工人救国会等组织。罗登贤意识到事情的严重性，他立即让上海总工联发动上海工人救国会等团体的工人举行集会，声讨日本帝国主义侵略我东三省的罪行，号召大家参加东北义勇军。在集会上，罗登贤动情地对大家说："现在东北早已进入了严冬，我们几十万人的东北义勇军现在面临着缺衣少药的情况，我们要克服困难，为他们组织捐赠衣服和药品，为他们抵御风寒，为他们治疗枪伤，用我们的实际行动，支援东北人民的抗日斗争。"

此刻，比天气更寒冷的，是国民党的白色恐怖和王明"左"倾冒险主义错误对革命力量的影响。

1933 年 1 月 7 日，中共中央发出《关于日本帝国主义进攻华北的决议》，决议指出：

日本帝国主义的大规模进攻华北，国民党的继续不抵制政策及其民族武断宣传的破产，将更加促进全国工农劳苦群众反日反帝斗争的情绪更加高涨。

党在这个情况下，基本的任务：在苏区，应该是巩固和扩大联系苏维埃区域，加强红军，开展红军对于国民党进攻的反攻，以加强反帝运动中的无产阶级领导权；在国民党区域，应该在"武装民众的民族革命战争反对日本帝国主义及一切帝国主义""民众自动武装起来打倒日本帝国主义，打倒出卖民族利益的国民党"的口号之下，去动员群众，开展一切形式的群众的反帝斗争，组织吸引他们到反对日本及一切帝国主义的民族解放的革命斗争中去。

为了远离白色恐怖猖獗的上海，中共临时机关决定由上海迁至江西瑞金，领导抗击国民党反动派和日本帝国主义的斗争。在上海，则成立了中共上海中央执行局，具体负责对白区的党的领导工作。

罗登贤是中共上海执行局的常委，他自然留在了上海，留下来的还有李竹声、康生、盛忠亮、王云程等几个常委。

和罗登贤留下来的这几个人，后来一个个都叛变了革命。

李竹声 1926 年 10 月赴苏联莫斯科中山大学学习时曾任中山大学副校长。1931 年回国后，被王明指定为临时中央政治局委员，后又被博古指定为中共上海中央执行局书记。1934 年 6 月 27 日，由于混进中共内线的特务告密，在公共租界马立斯新村中央机关开会时被捕，叛变了革命。

王云程早年在莫斯科中山大学学习，1931 年回国担任中共中央军委委员、中共中央军事部成员。后任中共江苏省省委书记和中共临时中央政治局委员。1932 年还任中华全国总工会执行委员会组织部部长、青年团中央书记。1933 年被中统逮捕，随即变节，并供出罗登贤和廖承志。

盛忠亮是湖南省石门县人，1923 年至 1926 年间，曾在北京法政大学读书，从事学生运动，任中共北京地委宣传部秘书。1926 年底到 1930 年秋，在莫斯科中山大学学习和工作，与张闻天、王明、博古、凯丰、王稼祥、杨尚昆等二十八人被人称为“二十八个半布尔什维克”，他热衷于谈论书卷上的马克思主义和苏联经验，学习成绩优异，外语能力出类拔萃。1932 年底回国，当选为中共中央委员，担任中央上海中央局宣传部长。李竹声被捕后叛变，供出了中共在上海和苏区的许多机密，也供出了盛忠亮。起初盛忠亮面对严刑拷打，拒不妥协，后来顾顺章用美人计，让叛徒秦曼云去劝降，终于没有抵挡住诱惑，叛变了革命。

康生是山东胶南人，1925 年入党，在五卅运动中，他参与领导了工人的罢工，一起领导了 1926 年到 1927 年上海的三次武装起义。在上海工作期间，他担任过上海总工会干事，上海大学特支委员会书记，上海沪中、闸北、沪西、沪东等区的区委书记，以及江苏省委组织部长、秘书长。1930年六届三中全会上，还被选为中央审查委员，后来担任中央组织部长。后来因参加林彪、江青反革命集团发动“文化大革命”被审判。

很多时候，历史真的应该细读，细读之后的生命喟叹，总是让过去了的风云，呈现出生活的底色。

留在上海的罗登贤，根据中央于1933年2月10日在召集全国民众团体的救国会议发出的《致各级党部的信》，开始了发动上海铁路工人开展罢工斗争等工作。中央的信中写道：

全国广大的工农兵劳苦群众对于帝国主义这种强盗的侵略是要抵抗而且已在抵抗了，中国苏维埃与红军之伟大的进展，满洲的义勇军在冰天雪地中英勇作战，广大白军士兵的不满与抵抗，以及工农学生贫民和一切革命群众反抗帝国主义的高潮，表现中国的反帝革命正在大大地开展着。

党必须抓住目前这个紧急关头，用全党的力量来开展和组织广大的群众反帝运动深入到最广泛的群众中去，争取和团结他们到党的领导之下，实际地进行武装民众的民族革命战争，反对日本及一切帝国主义，推翻国民党。

2月26日，上海总工会在这封信的基础上，发表了《告全国工友书》，要求工人们团结一致，共赴国难，抵制日货，加紧抗日。

就在共产党引领全国人民进行英勇抗击日本侵略者的关键时刻，国民党反动政府在“攘外必先安内”的反动方针面前，于1932年12月，纠集了四十万兵力，准备对中央苏区发动第四次“围剿”。1933年1月底，蒋介石亲自到南昌兼任赣粤闽边区“剿匪”军总司令，决定采取“分进合击”的方针，指挥这次围剿，企图将红一方面军主力歼灭于黎川、建宁地区。

为配合反围剿的战斗，罗登贤来到上海铁路工人的中间，坚定而恳切地跟他们说：“现在，国民党军队正在向我中央苏区的红军发动进攻，他们部署了以陈诚指挥的十二个师十六万余人为中路军，分三个纵队，担任主攻任务；以蔡廷锴指挥的第十九路军和驻闽部队为左路军，以余汉谋指挥的广东部队为右路军，负责就地清剿，并策应中路军行动，想一举歼灭我们中央红军，所以在这即将到来的战斗面前，我们要尽最大的努力，以破坏的办法，延缓和阻止他们为国民党军队运送物资，只有这样，我们才能缓解前方部队的作战压力，让我们的红军在战斗中取得主动权。”

面对蒋介石的疯狂围剿，红一方面军在总司令朱德和总政委周恩来的指挥下，坚决抵制了王明“左”倾冒险主义进攻战略，继续实行诱敌深入的战略战术，经过七万红军的英勇作战，于 3 月中旬取得了黄陂、草台岗两场战斗的胜利，歼灭国民党军近三个师，俘一万余人，缴获各种枪支一万余支，创造了红军战史上以大兵团伏击歼敌的范例，粉碎了国民党反动派的进攻。

罗登贤在上海的活动，早已引起了国民党特务的关注。他们对罗登贤和上海共产党人的抓捕，也在紧锣密鼓地进行。周恩来、邓中夏、罗登贤等人的名字，赫然被他们列在悬赏抓捕的“黑名单”上。当时被关押在上海监狱里所谓的犯人就有上万人，其中，除了很大一部分是共产党员，还有不少是抗日的爱国分子。

密布的乌云笼罩在上海的天空，让人感到沉闷而窒息。

1932 年 11 月 3 日，全国赤色互济总会主任兼党团书记邓中夏的妻子李慧馨，到圣母院路高福里送一份急需翻译的共产国际发来的文件时，由于被叛徒出卖，和翻译一起被捕。

1933 年 3 月 24 日，在上海疗伤的红四方面军参谋长陈赓以“江西共产军第十四军军长”的罪名和中共党员陈淑英同时被捕。

1933 年 3 月 28 日下午，全国海员工人大会在法租界上海山西路五福弄 9 号召开，由于原中华全国总工会秘书长王其良被捕叛变，并向国民党特务供出了会议地点，下午两点，罗登贤和余文化被上海公共租界工部局法国巡捕和国民党密探以“共产党召集工会会议”的罪名逮捕。

罗登贤是在秘密情况下被捕的，他被捕后，法国巡捕和国民党密探立即对消息进行了封锁。他们在等着和罗登贤联系的人，凶恶的鹰隼已经展开残暴的魔爪。

下午五点钟，这群暴戾的恶魔终于等来了“猎物”，中国海员工会中共党团书记、中华全国总工会宣传部长廖承志来找罗登贤，被法国巡捕和国民党密探候个正着，也被带走审查。

由于当时身份并没有暴露，罗登贤、余文化、陈赓、陈淑英、廖承志被关押在大马路老闸的巡捕房里接受审讯。巡捕在对他们进行搜身时，只是在廖承志的身上搜到些零钱，其他一无所获。

3 月 31 日下午二时，上海公共租界里的江苏高等法院第二分院第一刑庭里鸦雀无声，第二分院对罗登贤进行第一次开庭，公开审理他的案件。面对戒备森严的庭审现场，罗登贤目光炯炯，毫不畏惧。庭审法官问及他的身份时，他也以早已准备好的化名和预案一一作答。面对罗登贤镇静的回答，法庭只好让已经叛变革命的中共上海中央执行局常委王云程和中华全国总工会秘书长王其良一起出庭作证。当他们站在罗登贤的面前时，躲过罗登贤的锐利目光，耷拉着脑袋，猥琐地听着反动法官的摆布。

反动法官：“你们俩认识这个人吗？”

王云程、王其良：“认识。”

反动法官：“他叫什么名字？ 是干什么的？”

王云程抢着说：“他就是共产党中华全国总工会上海执行局的中共党团书记，是我的顶头上司。”

王云程的话还没说完，王其良为了立功就抢过话头：“他在上海多次组织了工人进行罢工。前不久还发动铁路工人消极怠工，以阻止党国剿灭共党。”

……

在确切的指认面前，尽管罗登贤还是予以否认，但是反动法官还是以此确认了罗登贤的身份。

在罗登贤的革命生涯中，三次遭到了敌人逮捕，任凭风吹雨打，受尽惨无人道的酷刑，他始终坚贞不屈，表现了一个共产党人的英雄气节。

第一次是在 1922 年。当时他发动了太古船厂工人，响应海员大罢工号召，带领着工人进行罢工，迫使资本家同意了增加工资等要求。后来资本家勾结香港当局，以罗登贤闹工潮为由逮捕他，还对他判处了半年的徒刑。但牢狱之灾不但没有动摇罗登贤的革命信念，更坚定了他坚持斗争的决心。出狱后，他又立即投入了新的战斗。

第二次是在 1928 年 2 月。当时他作为中共广东省委常委，在与省委代理书记邓中夏及其他几个常委在香港市委地下机关开会时，突然遭到香港警察搜查而被捕。由于敌人抓不到证据，加上党组织的及时营救，罗登贤和邓中夏等人才得以保释出狱。出狱后，有人问罗登贤：“你就不怕再坐牢吗？”罗登贤斩钉截铁地回答：“不怕。怕死、怕坐牢就不要革命，在家生儿育女好了，为了革命，我愿赴汤蹈火，万死不辞。”

这一次，是罗登贤第三次被捕。

在法庭上，一场预先布置好的审判开始了。

反动法官照例讯问了被告的姓名、年龄、籍贯之后，歇斯底里地让罗登贤供出反动言行。罗登贤怒不可遏，慷慨陈词：“你们给我的罪名是‘反动分子’。那么好吧，我就把我的经历告诉你们吧：我，罗登贤，在 1925 年组织领导了香港大罢工。我现在刚从东北回来，在东北，我同义勇军一道作战，打击了日本强盗。我是在上海日本纱厂参与组织了工人的罢工，那些全是反对日本帝国主义的斗争，难道这就是你们要控告我从事‘反动活动’的理由？”罗登贤的义正词严，让反动法官无言以对，狼狈中不得不终止了审讯。

罗登贤在法庭上对国民党反动派的有力驳斥，分明是以另一种的方式，对反动政府的革命反动行为进行了提审。

庭审中，国民党政府要求从法国巡捕那里引渡罗登贤，遭到邓中夏委派的辩护律师的驳斥和反对。罗登贤从律师的辩护中知道，党组织在争取时间，营救自己，于是也据理力争，为自己进行辩护，不同意将自己引渡到国民党的监狱接受审讯。

在庭审即将结束时，早已暗地勾结的反动法官再次问警备司令部法律顾问詹纪风还有什么请求？詹纪风把引渡的公文呈交后，阴森森地对法庭说：“罗登贤是中共主要领导人，上海警备司令部亲奉中央密令，要求立即将其引渡归案。”

为罗登贤辩护的律师跟着发言说，罗登贤被捕地点在江苏省高等法院第二分院辖区，依法应由高二分院审理，不应引渡。但是，高二分院的法官们慑于国民党中央的密令，根本不听律师的意见，匆匆作出裁决：认定罗登贤领导工人进行革命的罪行，法庭依据《危害民国紧急治罪法》第七条，作出了将该案移交国民党军事机关审理的裁定，同意了对罗登贤的引渡，将罗登贤移送到国民党上海市公安局继续进行审讯。

审判长话音刚落，警备司令部宪兵便一拥而上，立即给罗登贤带上手铐，将他推进囚车，送往上海市公安局拘留所关押。

参加庭审的群众和新闻记者被罗登贤的英雄气节感染了，大家都纷纷表示，说罗登贤在此地被抓，就应该在此地接受庭审，把罗登贤移送到其他监狱继续庭审是违反法律的。面对群众的强烈不满，法庭匆忙宣布退庭。

罗登贤被引渡到上海市公安局后，中共中央组织力量进行营救。

全国赤色互济总会主任兼党团书记邓中夏，以看守所全体犯人的名义，撰写了《反对压迫、要求改良待遇的宣言》，并印成传单，进行散发。宣言写道：

广大被压迫的民众兄弟们：

我们正被野兽般的统治阶级投在这人间地狱——牢狱的中间了。我们丧失了人类所应有的一切自由，我们遭受着极凶残的待遇和压迫。

我们是被囚禁在上海法租界第二特区法院看守所和大监牢里，我们是被判决的所谓犯人——刑事犯、民事犯、革命政治犯。我们里面有失业工人，有破产农民，有城市贫民，有被遣散的士兵，有学生，有教师，有著作者——一句话，都是被压迫被剥削的穷苦民众，和反帝反压迫的革命民众。人数是在三千四五百以上，还天天在增加着。

我们是被囚在关着五十六个人的囚室里，或是囚在十来个人一间的小号子里，吃喝、坐起、睡眠、呼吸、大小便……一切的一切，都是在这拥挤不堪的斗室中，终日被黑暗、臭气、霉气、热闷、潮湿……打击着。

我们吃的饭是拌黄米、砂石、谷壳的半洋桶罐饭，开水是桑叶冲的茶，不沸而且不洁，除在每日两顿饭时每人发一勺，其余则终日不见滴水。小菜是黄菜叶、老菜根、腐臭的烂鱼，而且三二片菜叶浮在无油少盐的半碗清水里……米不淘即煮，菜不洗即食。菜、饭、水里总浮着浓的煤灰、尘土……因此，我们终年不饱，疾病丛生。

在号内，不但不能行动，即便谈话声音被他们听见，就是一顿毒打，一顿臭骂。除了打骂之外，还要加手铐，上脚镣。大牢里还罚吃冷水饭，罚坐橡皮牢，上老虎凳……狱卒打死了犯人，罚五块钱就算了事。

我们通讯不准自由……亲戚朋友不准随便接见，不准随时送衣服、药品、书报，大牢里限制更严，每月仅有一次的接见还不到五分钟。

外面政治消息，尤其是日本帝国主义进攻东北和各帝国主义瓜分中国的阴谋……我们一点不知道。国家亡掉了，做亡国奴，或是大炮弹炸弹落在我们头上，我们都将会不知道是怎么一回事。

我们因为遭受上述种种精神上物质上的黑暗的待遇和残酷的打击，身体就一天天地衰弱，——一开始是面黄肌瘦，头晕目眩；接着就是眼痛、疥疮、肺痨、肠胃病、神经衰弱症，一切人间最严重危险的疾病不断地聚生，彼此传染，死亡日多。无论大病小病，医药无人过问。即有急病发生，也是极端马虎敷衍……一年中死亡的犯人，何止一百三四十人。

《宣言》最后还说：

我们要不断地为这些要求的实现而斗争，争取我们的自由和解放，我们要不断地把牢狱的黑暗和残酷，与我们的要求和反抗，向全中国揭露，暴露统治者狰狞吃人的面目……

广大被压迫的民众兄弟们：我们热烈地要求你们拿群众力量给我们以深切的同情与援助！我们知道剥削阶级一天存在，这样的牢狱和一般的压迫，是不会消灭的，因此我们希望你们加强反帝反压迫阶级的斗争，我们一致向着中国民族彻底解放和民众自由大道前进！

这份《宣言》以铁的事实，无情揭露了国民党反动派的法西斯罪行，为数万名政治犯和爱国者发出了愤怒的呼声，并号召各界人民为伸张正义而积极行动起来，支持了革命同志在监狱中的斗争。

为了对罗登贤和廖承志、陈赓、余文化等人进行营救，邓中夏和互济总会营救部长阮啸仙亲自找到了孙中山的夫人宋庆龄，请求她以其独特的身份对罗登贤等人进行营救。

宋庆龄对罗登贤、余文化、廖承志等人被捕以及被移送到上海公安局一事十分震惊，她知道国民党反动派杀人如麻、心狠手辣，对革命者的屠杀往往不眨眼睛。3月30日上午，在上海亚尔培路331号中央研究院，宋庆龄召集中国民权保障同盟临时执行委员会委员开会，对罗登贤等人的被捕问题进行了专门的研究，同时还邀请了上海有名的大律师吴凯声博士参加了会议，委请他全权负责对这几个人的案件的辩护。同时，还邀请了蔡晓白律师为罗登贤进行辩护。

中国民权保障同盟是1932年12月29日成立的中国爱国民主政

治团体，由宋庆龄、蔡元培、杨杏佛等人在上海发起成立。总会设在上海，在北平和上海等地设有分会，宋庆龄是全国执行委员会的主席，蔡元培是副主席，杨杏佛是总干事。同盟成立以后，在宋庆龄、蔡元培、杨杏佛的领导下，为保障人民的民主自由权利，营救一切爱国的革命的政治犯，反对国民党的非法拘禁和杀戮，开展了多项活动。

中国民权保障同盟为法院开庭审理罗登贤和余文化、廖承志等人还专门发表了声明，要当局站在民族大义的角度，对他们进行无罪释放：

吾国为农工运动及反对帝国主义奋斗而被拘禁私刑杀戮者已成司空见惯之事实，此则本同盟所迭经抗议者。

若据空言可定人以罪，则吾国民之前途，尚堪过问耶？且犯罪者必有犯罪行为，始可定罪。即使被告为共产党员，或曾参加反帝或工人运动，亦非法律所不允许，苟无特别活动，应即立刻释放，盖信仰自由，屡载约法，为吾民所必争之权利。

在国难当头的时代背景下，声明还特别强调：

在此国难期间，欲言御侮，国人必有反帝国主义之自由，不应该对于努力于此项工作者反愈加压迫，致伤元气。吾民应速自觉悟，奋起力争，而要求罗、余、廖及一切政治犯之释放，尤为第一要图。

为强烈表达个人观点，4 月 1 日，宋庆龄在上海发表了《告中国人民书》，号召各界人士立即行动起来保护被捕的革命者。文中说，帝国主义非法逮捕了罗登贤等人，并且把他们引渡给国民党发动派，实际上是中国政府和帝国主义狼狈为奸，压迫中国人民的反帝抗日战士的最好例证。我们从这些爱国人士被捕的事件中，看清了蒋介石所奉行的中国面临的即将沦为帝国主义附属国的政策，让国家处在危急之中。她还说自己有责任再一次号召中国人民起来斗争：

在昨天的“审判”中，赤裸裸地显示出中国和外国当局事先就已安排好了，只是为了用审判的形式欺骗群众，才把被捕者带出来受审。而被告方面即使提出证据和理由，引证法律条文，也决不能改变法庭的决定。其实，关于被捕者的判决，早已在这审判丑剧前预先确定，这是十分明白的。

宋庆龄还热情地赞颂了罗登贤和余文化、廖承志、陈赓、陈淑英等人坚强不屈的革命精神，说他们作为中国的反帝战士，在法庭上表现出的英勇不屈的气概，是中国人的骄傲和楷模。

宋庆龄的《告全国人民书》发表之后，给国民党反动当局以极大的震慑，他们感到把罗登贤等人羁押在上海已经不太安全，必须立刻将他们押送到南京，确保其反革命果实不会旁落。于是，在4月1日晚上，趁着夜色，两辆闷罐车鬼魅一般从上海市公安局的监狱里驶出，一路向西，咆哮着向南京驶去，他们恐慌地要把罗登贤转押到戒备森严的关押共产党重犯的南京警备司令部牢房里。

闷罐车里的罗登贤带着沉重的脚镣和手铐，在颠簸的路上，他知道自己这一去已是凶多吉少，但在他的心里，他依然为他这些天来英勇的表现感到自豪和骄傲。作为一名共产党员，从入党的第一天起，他就想到了要为共产主义而献身。野火烧不尽，春风吹又生。党的事业就是在为之付出的牺牲中壮大起来的，如果自己的死能够唤醒更多的人起来革命，推翻国民党的反动统治，就是死得其所，就是值得的。

第二天东方微亮时，闷罐车开到了南京。罗登贤被关押到南京宪兵司令部设在道署街衙门西花园内的看守所里。

罗登贤走下闷罐车时，尽管东方的天边已经泛白，但他却走进了更加黑暗的牢间。

南京宪兵司令部是国民党专门用来关押和屠杀共产党员以及积极的民主人士的军事特务机关，在司令部的后面，就是阴森恐怖的监牢。在监牢旁边的审讯室里，不时传来刽子手的咆哮和被拷打的革命者痛苦的呻吟，地狱一般的恐怖渗透到院子的每一个角落。

监牢里面有三个大一点的牢房，每间牢房都关满了从各地押送来的政治犯。在大一点的牢房旁边，就是小的牢房，这些牢房是用来关押共产党重犯的。大凡被关进这些小牢间的人，大都是按《紧急治罪法》进行治罪，一般都是死囚犯，活着走出牢间的可能性极小。

罗登贤在这地狱一般的牢狱里受尽了非人的折磨，惨无人道的刽子手为了邀功请赏，想让罗登贤供出他所知道的党组织，遭到了罗登贤的坚决回绝。黔驴技穷的刽子手无端地使用酷刑，不是老虎凳就是把他悬在房梁上，用鞭子把他抽得血肉模糊。

刽子手冷笑着，一条腿翘在凳子上，一只手拿着鞭子，凶狠地问罗登贤："到底说，还是不说？"

被反绑在柱子上的罗登贤艰难地抬起头，痛斥说："不说。我们共产党人，为了民族打日本，为了人民闹工潮。而你们这些反动派的走狗，镇压革命，屠杀革命者，你们已经犯下了不可饶恕的罪恶，你们是不会有好下场的。"

罗登贤强硬的怒斥把刽子手气疯了，于是他们又拿来烧得通红的火针，强行刺进罗登贤的手指，罗登贤一下子就疼得昏死了过去。即便这样，刽子手对罗登贤依然没有放过，他们从旁边的桶里舀起冷水，把罗登贤泼醒，接着又用电刑将他电得浑身发颤。看到罗登贤异常痛苦的样子，刽子手在旁边却发出狰狞的狂笑。

凶恶的敌人对罗登贤用尽了酷刑，仍然不能撬开罗登贤的嘴巴，于是他们又换用软的，企图哄骗罗登贤投降。一天，他们找来已经叛变了革命的罗登贤曾经的属下吴均鹤，让他带着一大包好吃的来到牢房，以探监的方式看望罗登贤并伺机劝降。吴均鹤低眉下眼地进来后，看到皮开肉绽的罗登贤倒在牢房的一角，假兮兮地把罗登贤扶了起来，说罗书记受苦了，要罗登贤先吃点东西，还是只要按照他们的要求，写出悔过书，供出组织，就能吃好的穿好的，享受荣华富贵。

听到这种刺耳的声音，罗登贤怒不可遏，一巴掌把吴均鹤打翻在地，对吴均鹤怒斥道："你这个无耻的叛徒，你出卖了灵魂，出卖了同志，使革命遭受了重大的损失，今天你还有何脸面来见我！"他一边说着，一边放大了本已羸弱的声音："大家都来看啊，这就是可耻的叛徒吴均鹤，就是他叛变革命让很多同志被抓捕了。"

罗登贤虚弱的声音尽管不大，但还是传递到牢房的每个角落。狱友们纷纷走到牢间的栏杆前，大骂着这个叛徒。吴均鹤在骂声中就像丧家之犬，灰溜溜地从罗登贤的监牢里朝外跑。看到吴均鹤落荒而逃的样子，罗登贤高声地对他说："你这个败类，你赶快去报告你的主子吧，你告诉他们，不要想从我这里得到任何东西，我就是死，也是什么都不会说的。"

罗登贤的话雷霆一般在牢狱里回响着，这铿锵的话语，让很多狱友都感动得留下了热泪。

罗登贤被转移关押到南京之后，宋庆龄并没有停止对罗登贤等人的营救。4月3日，她和杨杏佛、蔡元培等中国民权保障同盟会全国执委们又一次举行会议，决定成立营救政治犯委员会，并推选宋庆龄、蔡元培、杨杏佛、吴凯声、王造时、沈钧儒、陈彬龢出任委员会委员，同时派宋庆龄、杨杏佛、沈钧儒、吴凯声以及民权保障同盟中的外籍委员伊罗生作为代表，立即赴南京对罗登贤和陈赓等人进行营救。因为廖承志是国民党元老廖仲恺的儿子，他仍然被关押在上海。

时间紧迫，刻不容缓。4月5日，宋庆龄一行不顾个人安危，从上海启程赴南京，对罗登贤等人实施营救。4月5日是清明节，从上海一路向西，路过苏州、无锡时，他们看到不少百姓在路边的坟前扫墓，心里便十分凄凉。他们想到多少革命志士抛头颅洒热血献出了自己的生命，现在远赴南京营救共产党的主要领导人，也还不知道是什么样的结果，心里便怅然至极，难受不已。

一路风尘，赶到南京后宋庆龄顾不得休息，就以中国民权保障同盟的名义向国民党行政院长汪精卫和司法行政院长罗文干提出抗议，要求他们：立即释放一切政治犯；废止滥刑；给予政治犯阅报、读书之自由，禁用镣铐及改良狱中待遇；严惩狱吏敲剥犯人及受贿行为。

对宋庆龄的到来，汪精卫和罗文干着实大吃了一惊。由于宋庆龄的特殊身份，他们对宋庆龄提出要去监狱探望罗登贤等人的要求也不好直接拒绝，只好硬着头皮答复同意。

宋庆龄一行来到宪兵司令部的牢房，当看到头发蓬乱、骨瘦如柴、遍体鳞伤的罗登贤时，心如刀绞，悲愤到了极点。

宋庆龄眼含泪花，跟罗登贤说："你受苦了！我们几个人不仅是来看望您，主要是要营救您！"

罗登贤看到宋庆龄来探望他，就像看到了党的组织，心里激动而温暖："夫人在繁忙的斗争中过来解救我们，作为共产党员，我感谢夫人的营救。请夫人回去后转告党组织，我罗登贤从参加革命的第一天起，就想到为革命战斗到生命的最后一刻。这么多年来，我兢兢业业为党工作，我知道自己还有很多工作要去做，现在恐怕做不成了。我可能出不去了，这里几乎每天都有革命的同志被拉出去枪毙，下面可能就是我了。请党放心，请同志们放心，我不会供出党的组织，我不会出卖同志，更不会叛变革命。"罗登贤急切地把话说完时，已经累得喘不上气来。

宋庆龄和杨杏佛、沈钧儒等被罗登贤的话深深感动着，她拉着罗登贤的手，坚定地跟他说："好好活下去，你们的党还需要你去工作，中国的革命也需要你去工作，请相信，全国爱国人士一定会站在正义的一边，尽最大的力量对你们进行营救。今天我们来了，下面我们还会再来。"

宋庆龄他们离开后，立即向南京国民政府表示抗议，抗议政府非法逮捕罗登贤等革命同志以及在牢狱中对他们的人身摧残。

从南京回到上海，宋庆龄又召开中国民权保障同盟执行会议，决定以正式函件发国民党中央和国民政府行政院，敦请他们以法律程序审理罗登贤等人的案件，不得以非人道的手段进行迫害，同时，应该尽快地将罗登贤等人无罪释放。

中国民权保障同盟的敦请函件遭到了国民党反动当局的无情拒绝，引起了上海工人的极大愤慨，他们以闸北七十二位工人代表的名义，发表了《工人及劳苦群众反对罗登贤等之被捕抗议书》，声讨国民党反动派的罪行，要求释放罗登贤：

登贤君受尽了一切残酷的拷打和野蛮的非刑，生命危在旦夕，情形非常危急。国民党当局正在企图瞒着中国广大的劳苦大众，暗地结束他的生命！

我们认为登贤君没有任何罪过，相反的他是中国广大劳苦弟兄的最好朋友。国民党这次勾结帝国主义逮捕他，是因为他积极地参加和领导中国的反帝运动和工人运动，为中国民族争独立，为工农劳苦兄弟谋解放。特别是目前，国民党政府正在与日本及各帝国主义签订卖国密约，实行出卖华北、出卖中国的时候，登贤君站在反帝国主义的最前线，领导广大群众反对国民党出卖华北、出卖中国，反对日本及各帝国主义瓜分中国。国民党这种举动，完全暴露了它投降帝国主义与屠杀劳苦群众的狰狞面目。

全上海的工人、学生、劳苦群众团结起来，给这种逮捕以强有力的反抗。

登贤君是我们整个工人阶级的领袖，是我们广大群众最好的朋友，国民党逮捕他，就是对我们整个工人阶级和劳苦兄弟的进攻和压迫。援助登贤君就是援救我们自己。

《抗议书》还号召工人们团结起来，以实际行动营救罗登贤：

国民党当局是不会自动释放登贤君及一切革命战士，只有我们以实际的行动，才能够恢复登贤君及一切革命战士的自由。

就在全国各阶层人士一起要求释放罗登贤的时候，6月18日，杨杏佛被国民党特务暗杀。宋庆龄得到消息，悲愤不已，她记得不久前杨杏佛还和她一起去南京营救罗登贤，而现在却阴阳两隔。宋庆龄心里清楚，国民党特务暗杀杨杏佛，其实就是杀鸡儆猴，他们真正的目的是对中国民权保障同盟和一切支持革命的力量下手，进行反革命镇压。

对杨杏佛被暗杀，在宋庆龄的主持下，中国民权保障同盟发表声明，庄严表示：我们非但没有被吓倒，杨杏佛同志为同情自由所付出的代价，反而会激励我们更加坚决地斗争下去……

中国民权保障同盟坚持不懈地同国民党黑暗统治作斗争，使得国民党的反动派非常恼火，他们认定其是“非法组织”，要求立即予以解散。

面对极端严重的白色恐怖，加上杨杏佛被害，中国民权保障同盟失去了一位优秀的组织工作者和实干家，同盟的活动一时间无法进行，因此民权保障同盟在无形中也就解散了。中国民权保障同盟虽然仅仅成立了半年的时间，但它广泛团结了一批民主人士和文化精英，有力地揭露了国民党反动黑暗的统治，是一次对国民党法西斯专制的公开宣战。

在牢狱之中，罗登贤知道留给自己的时间不多了，他便抓紧一切时间向狱友们讲共产党人要有信仰，能够出去的人，应该在党的领导下，积极开展工人运动和农民运动，要积极参加到革命的武装里去，只有这样，才能形成强大的革命力量，才能用革命的山洪将一切反动势力摧毁。

罗登贤还跟狱友们说，一个人，尤其是一个共产党人，在面对生死时不能失去气节，真正的共产党人是应该顶天立地的，不能像狗一样趴着，主人给点好眼色就摇尾乞怜。一个人如果能为正义而死，为民族大义而死，就是死得其所，虽死犹荣。共产党人是不畏惧死亡的。

罗登贤激昂的话语，像雷霆一样在牢狱里滚动着，让身处危难之中的革命同志获得了坚持斗争的力量。同时，罗登贤的话语，让宪兵司令部的看守感到特别惊慌。他们迅速将罗登贤转移到离其他牢房较远的拐角处的一个牢间里，杜绝罗登贤和其他狱友交流，传递革命的思想。

一次，军法官再次提审罗登贤，问罗登贤有何罪，罗登贤大笑过后凛然地说：“那我告诉你吧，我们领导过香港大罢工和多次工人的罢工，我参加过推翻你们反动统治的广州起义，我还组织了东北抗联打击日本侵略者，多年来我一直和你们反动的统治进行着坚决的斗争。”

看到罗登贤无所畏惧的样子，军法官想从罗登贤嘴里得到一些东西的阴谋又破产了，他们阴森地狞笑着望着罗登贤，他们也知道，死期离罗登贤已经不远了。

经过几个月的牢狱折磨，罗登贤已经脱了人形，本来就瘦削的脸上，颧骨更加凸显，蜡黄的脸上显出菜色，只是一双大大的眼睛，依然放射出锐利的光。虚弱的罗登贤衣衫褴褛，血衣和身上一样，青一道紫一道，牢狱成了他最后的战场。

1933 年 8 月 29 日凌晨，反动狱警提审罗登贤，让他在结案报告上签字。罗登贤知道，自己最后的时刻到来了。他怒视着狱警，长长吁了一口气，凛然地说：“我们个人的死并不足惜，遗憾的是我的革命工作还没有做完，没有看到全国解放的那一天。”说完，没有惊慌，没有恐惧，罗登贤淡定从容地拿起笔，挥洒地签上了名字。

铁镣声哗啦啦哗啦啦地从罗登贤的牢房里传出，在寂静的牢狱的过道里响着，路过其他牢房时，他看着趴在门窗上看着自己的狱友，他昂起胸，用浅浅的笑向他们挥手告别。

牢狱之外，十几个全副武装的宪兵端着枪站成了一排，枪上的刺刀寒光闪闪，此刻又过来两个宪兵，把罗登贤押上了鸣着刺耳警笛的警车。警车一路疾驰，来到了南京城南的雨花台刑场，就在罗登贤被押下警车的时候，罗登贤用尽力量高喊：“打倒国民党反动派！”“共产党万岁！”“中国工人万岁！”随着一声枪响，一股殷红的血慢慢渗透到雨花台的地上，将这一片土染红。

晨曦之中，一场暴雨如约而至，在电闪雷鸣中，那倒下去的身影，变成了一尊花岗岩的顶天立地的雕塑，一直站到了今天。

参考文献

1.《雨花台革命烈士故事》，南京雨花台烈士陵园管理处史料室编，江苏人民出版社，1985 年。

2.《江苏革命斗争纪略（1919—1937）》，中共江苏省委党史工作委员会，中国档案出版社，1987 年。

3.《广东党史资料》，中共广东省委党史资料征集委员会、中共广东省委党史研究委员会编，广东人民出版社，1987 年。

4.《广州起义资料》，广东革命历史博物馆编，人民出版社，1985 年。

5.《罗登贤》，马晓东著，中国工人出版社，2014 年。

6.《邓中夏年谱》，冯资荣、何培香编著，中国文史出版社，2014 年。

7.《邓中夏》，刘功成著，中国工人出版社，2012 年。

8.《为有牺牲多壮志——雨花台革命烈士故事》，张重光、忻才良著，上海人民出版社，1977 年。

9.《罗登贤：东北抗联最早的创始人》，许任俊撰，载《党史博览》，2008 年第 11 期。

10.《纪念中共满洲省委成立 80 周年——罗伟民：回忆我的父亲母亲》，王丽文撰，载《党史纵横》，2007 年第 10 期。

11.《罗登贤领导东北抗日，28 岁不幸被捕英勇就义》，陈志强撰，载《辽沈晚报》，2011 年 6 月 1 日。

12. 《追忆罗登贤烈士——访冯仲云之女冯忆罗》，孙莉娜执笔，中国共产党新闻网，2012 年 10 月 30 日。

雨花忠魂·雨花英烈系列纪实文学

《流火：邓中夏烈士传》　　龚　正 著
《落英祭：恽代英烈士传》　　徐良文 于扬子 著
《去留肝胆：朱克靖烈士传》　　王成章 著
《夜行者：毛福轩烈士传》　　周荣池 著
《残酷的美丽：冷少农烈士传》　　薛友津 著
《爱莲说：何宝珍烈士传》　　张文宝 著
《飙风铁骨：顾衡烈士传》　　邹　雷 著
《碧血雨花飞：郭纲琳烈士传》　　张晓惠 著
《“民抗”司令：任天石烈士传》　　刘仁前 著
《青春永铸：晓庄十烈士传》　　蒋　琏 著

《文心涅槃：谢文锦烈士传》　　周新天 著
《丹心如虹：谭寿林烈士传》　　刘仁前 著
《云间有颗启明星：侯绍裘烈士传》　　唐金波 著
《风向与信仰：金佛庄烈士传》　　李新勇 著
《栽种一棵碧桃：施滉烈士传》　　蒋亚林 著
《雄关漫道：陈原道烈士传》　　杨洪军 著
《忠贞：吕惠生烈士传》　　辛　易 著
《红骨：黄励烈士传》　　雪　静 著
《热血荐轩辕：李耘生烈士传》　　张晓惠 著
《世纪守望：徐楚光烈士传》　　李洁冰 著

《以身殉志：邓演达烈士传》　　王成章 著
《逐潮竞川：孙津川烈士传》　　肖振才 著

《生命的荣光：朱务平烈士传》 吴万群 著
《信仰无价：许包野烈士传》 裔兆宏 著
《金子：杨峻德烈士传》 蒋亚林 著
《血花红染胜男儿：张应春烈士传》 李建军 著
《青春祭：邓振询烈士传》 吴光辉 著
《任凭风吹雨打：罗登贤烈士传》 龚 正 著
《红灯永远照亮中国：吴振鹏烈士传》 曹峰峻 著
《青春的瑰丽：陈理真烈士传》 薛友津 著
《长淮火种：赵连轩烈士传》 王清平 著
《青春绝唱：贺瑞麟烈士传》 刘剑波 著
《逐梦者：刘亚生烈士传》 李洁冰 著
《抱璞泣血：石璞烈士传》 杨洪军 著
《新生：成贻宾烈士传》 周荣池 著

《血色梅花：陈君起烈士传》 杜怀超 著
《文锋剑气耀苍穹：洪灵菲烈士传》 张晓惠 著
《红云漫天：蒋云烈士传》 徐向林 著
《在崖上：王崇典烈士传》 蒋亚林 著
《生死赴硝烟：夏雨初烈士传》 吴万群 著
《八月桂花遍地开：黄瑞生烈士传》 辛 易 著
《英雄史诗：袁国平烈士传》 浦玉生 著
《青春风骨：高文华烈士传》 吴光辉 著
《魂系漕河四月奇：汪裕先烈士传》 赵永生 著
《犹有花枝俏：白丁香烈士传》 孙骏毅 著

《向光明飞翔：朱杏南烈士传》 梁 弓 著
《长虹祭：陈处泰烈士传》 李洁冰 著
《浩气长存：周镐烈士传》 胡继云 著
《山丹丹花开：胡廷俊烈士传》 杜怀超 著
《铁血飞雁：赵景升烈士传》 陈绍龙 著